清荷诗语○著

# 一念之间，美好恰到好处

## 古诗词中的君子情怀

辽宁人民出版社

图书在版编目（CIP）数据

一念之间，美好恰到好处 / 清荷诗语著 . —沈阳：辽宁人民出版社，2019.3

ISBN 978-7-205-09439-3

Ⅰ . ①一… Ⅱ . ①清… Ⅲ . ①古典诗歌－诗歌欣赏－中国 Ⅳ . ① I207.2

中国版本图书馆 CIP 数据核字（2018）第 237347 号

出版发行：辽宁人民出版社

地址：沈阳市和平区十一纬路 25 号 邮编：110003

电话：024-23284321（邮 购） 024-23284324（发行部）

传真：024-23284191（发行部） 024-23284304（办公室）

http://www.lnpph.com.cn

印 刷：天津旭丰源印刷有限公司

幅面尺寸：170 mm× 240 mm

印 张：14

字 数：198 千字

出版时间：2019 年 3 月第 1 版

印刷时间：2019 年 3 月第 1 次印刷

策划编辑：蔡 伟

责任编辑：高 丹

装帧设计：象上品牌设计

责任校对：赵 晓

书 号：ISBN 978-7-205-09439-3

定 价：39.80 元

# 序言

## 夜深千帆灯

那是去青岛回来的路上，我们的车子正行驶到青岛跨海大桥上，恰逢夕阳拉下夜幕，直至最后一缕霞光消失在海平面上。自己突然间沉醉进了眼前绝美的景色之中，大海的蓝与天空的蓝连成一片，大海荡漾着水波，天际飘荡着流云。最后那蓝色越来越浓，浓成化不开的情愫。然后那些颜色各异的灯光渐次亮起，一盏、两盏、三盏、百盏、千盏，如五彩缤纷的花儿突然一起怒放，在大海深处就如梦幻一般倒映出了另一个远离尘世的喧嚣世界。而我就穿行在时光的深处。驻路梨花，洗尽铅尘，水墨画卷里微雨寒烟、水波浩渺，看昔日车马滚滚，往事卷着风沙而来。

脑海中禁不住就想起《白水诗》里的句子：“浩浩白水，儵儵之鱼，君来召我，我将安居？国家未立，从我焉如？”我们不难理解这首诗的含义：宽广的水域，烟波浩渺，悠悠然的鱼儿们成群结队地嬉戏。如果国家需要我，国君来召我辅佐国政，那我就像被钓离水面的鱼儿，不再回到水中。而如今国家还没真正稳定强盛，我又怎么能只顾自己的安乐，而不顾国家的安危呢？

这何尝不是家国天下的君子情怀呢？千秋家国梦，悠悠君子心，他们有着不屈不挠、不媚不阿的高尚品格，他们温文儒雅、宽容大度，他们内心信仰的是正义，维护的是国家与人民的利益。他们不会因为怀才不遇而心生报怨，他们不会因为苦难而失去气节。

而他们却又有男儿最本真的初心，明末诗人汤传楹在自己的《闲馀笔话》里曾这样写过："风月娟然，天下第一有情物。而于韵士美人，尤为亲近。意中尝设一佳景于此，愿与天下有情者居之。"读这样的诗行，怎能不让人心动！这句子是写给懂你、知你，可以与你共患难之人的句子。山水、田园、诗画、风月娟然、琴瑟和鸣，这景色将是何等的美丽，而风月娟然的意境，又将是何等的潇洒。

这风应是吹在弯曲小径上的小风，小径两旁木棉成行，紫藤蔓延。风里有花香，心亦娴静安然。而这些君子们有如竹子一般空悠而又深邃的思想；如梅花一般风骨俊傲，不趋附荣利的气节；如空谷幽兰一般高洁、典雅、坚贞不渝的品德；如菊花一般隽美多姿、素雅坚贞的情操。

我更深信在君子们石头一般坚硬的骨头里，都盛开着一朵娇艳的玫瑰，他们把忠贞给予国家，把友情给予志同道合的朋友，把一腔柔情给予自己深爱的父母和妻儿。唐朝明相张九龄如若不遇到他的伯乐张说，便难再入仕途；一代诗仙李白，与一代诗圣杜甫的世纪相约，留下后人传颂的千古佳话；苏轼与自己的结发妻子王弗之间可以说是情深义重，恩爱有加，当王弗与这个尘世做了离别后，苏轼为她写出了至今无人超越的祭文《江城子·乙卯正月二十日夜记梦》："十年生死两茫茫，不思量，自难忘。千里孤坟，无处话凄凉。纵使相逢应不识，尘满面，鬓如霜。夜来幽梦忽还乡，小轩窗，正梳妆。相顾无言，惟有泪千行。料得年年肠断处，明月夜，短松冈。"

他们是君子，有着君子的气节与风度，有着自己坚定的信仰与目标，他们把人生的美好、愿望、理想、抱负融进自己的诗词之中，而他们的诗词在历史的长河里就是一道点亮夜色的灯盏，一道规则之上的光芒。人生路上虽然沧桑艰难，却是沉淀之后的温暖。这或许就是我们心中呼唤的君子情怀，以诗为剑，金戈铁马里让人间正道成为一座永恒的雕像。

目录

## 第一章 江山无限好

## 第二章　天涯明月刀

## 第三章　花香缠指绕

# 第一章　江山无限好

你是三月的青衣

你是打马奔走在江湖的小生

你把烘焙得旺旺的木炭

丢进故事的深处

被玩味了一生的命运和精心埋下的伏笔

在沉默中，在结尾处

冒着人间烟花的味道

月光的杯盏落满桃花的清音

飘荡在红尘深处的咿呀之声

让落英缤纷

这抽刀断水水更流的沧海桑田

终是没有逃出世俗的眼

拂去心灵深处的尘埃

借白马一匹　去长安看花

# 苏武·十九年间不辱君

## 苏武

柴望

十九年间不辱君，论功何独后诸臣。

若教倒数凌烟像，也是当时第一人。

笔尖下，才刚刚写到“苏武”两个字，《贝加尔湖畔》优美而又舒缓的音乐便在耳畔响起，而眼前却呈现出一幅波澜壮阔的景象：蔚蓝而又透明的天空与贝加尔湖湛蓝的湖水交相辉映，湖天一色，风在湖水里掀着波浪，而这些波浪把一个身穿粗布衣、面色忧郁、胡须飘飘的牧羊老人的倒影蹂躏得七零八落，如他此时悲苦的心一般。他仰头望向远方，而远方的远方是他用灵魂守护的故乡。南宋诗人柴望曾用这样的诗句来赞扬他：“十九年间不辱君，论功何独后诸臣。若教倒数凌烟像，也是当时第一人。”

当我们的内心有了坚定的信仰时，即便在生活中遇到艰难险阻，也会义无反顾地去面对。南宋大诗人柴望所写的这首《苏武》，描写的就是汉朝忠臣苏武的生平事迹和对苏武无限的赞赏之情，从诗行词句中，我们不难看出这首《苏武》的大致含义：

漫漫十九年的岁月，苏武持节，未曾屈服，没给自己的国家丢脸。如果谈论古往今来的诸侯大臣独你有着如此正义凛然。去凌烟阁数一数汉朝忠臣们的画像，你也应当是排在那个朝代的第一人。

在这里要解释一下柴望笔下的“凌烟阁”是一个什么样的楼阁？它是唐朝为表彰功臣而筑成的，楼阁上绘有各朝各代功臣的画像。柴望的这首诗用词准确，对仗工整，短短二十八个字，却把一个气势宏伟的盛大故事融入了其中。

这十九年里，在苏武身上究竟发生了怎样的事情？后人为何又对他如此爱戴与敬仰？苏武为何还成了后人心目中的英雄？

## 留别妻

苏武

结发为夫妻，恩爱两不疑。欢娱在今夕，嬿婉及良时。
征夫怀远路，起视夜何其？参辰皆已没，去去从此辞。
行役在战场，相见未有期。握手一长叹，泪为生别滋。
努力爱春华，莫忘欢乐时。生当复来归，死当长相思。

《留别妻》是苏武在出使匈奴时写给结发妻子的一首离别诗，后因历史原因，误传成苏武与李陵通信时写的作品。其实我们凭诗所体现的离别画面来看，不难猜出这是夫妻之间离别时难舍难分才有的灵感激发。

也有人根据诗中“征夫怀远路，起视夜何其”这句话猜测，诗歌虽然是出自汉朝，征夫应该是远征打仗之人所写，而苏武是出使不是去打仗，所以又有人怀疑这首诗歌不是苏武的作品。这样的猜测是无法站住脚的。

我们先从诗歌的文风来分析，苏武的性格刚烈中带着柔韧，他虽然一生历经坎坷，却皆以平和的心态面对，坚韧的信仰让他处危不乱。他的性格都融入到了他的诗里。

从苏武的诗歌里，你永远读不出轰轰烈烈的感觉，但能感觉到一种执着的信念，这是他气节与气度的体现。还有，诗歌本是虚实相结合的写法，征夫一般指远征上前线或者远征被派使的人，这里苏武以“征夫”自比，也并不为过，所以只单凭“征夫”两个字就妄下定论，自然是不可信的。

苏武的这首《留别妻》在金戈铁马的历史长河里流传到今天着实不易。他诗里体现出浓浓的情谊，诗中字里行间的别离柔肠真正写进了天下人的心里，触动了人们的灵魂。由于时间跨度太大，才引起后人猜测原创作者身份的问题。人们又为何会喜爱这首诗？我们先来浅析一下这首诗的含义：

自从我们结发为夫妻，一直恩爱有加，生活过得美满、幸福，然而残酷的现实却要让我们彼此分离。现在我要远征到战场，再次相见怕没有日期。握住你的手，长长的一个叹息，嘱咐的话还没有说出，泪就流进了嘴角。我们一定要珍惜这美好的青春时光，不要忘记我们生活在一起的时光。如若今生我能活着回来，定要与你白头偕老，如若我战死沙场，也要一直怀念你在心里。

结发夫妻：古代人少女结婚初夜，会把自己的长发与自己结婚的男子缠绕在一起，然后便会把一头长发挽成一个大大的发髻，所以久而久之人们便把初婚的男女称之为“结发夫妇”。嬿婉：是和顺的意思，这个词出自《诗经·邶风·新台》：“嬿婉求之。”尤其是这首诗的最后一句：“生当复来归，死当长相思。”成为被后人千古吟咏的诗句，成为男女别离时卿卿我我的誓言。

那么苏武为什么要给妻子写这首诗呢？当然是有原因的，因为苏武作为“中郎将持节”的身份，被派出使匈奴。苏武心里明白，汉朝与匈奴之间连年来不断争战，两国相互派使者打探对方，而两国派来的使者能再回到自己国家的机会却不会太多，在他之前几个被派去的使者都被扣留在了匈奴。所以苏武知道，自己此去也许同其他几个使者一样，怕是凶多吉少了。

## 录别诗（汉李陵赠苏武别诗之一）

李陵

钟子歌南音，仲尼叹归与，
戎马悲边鸣，游子恋故庐，
阳鸟归飞云，蛟龙乐潜居，
人生一世间，贵与原同俱，
身无四凶罪，何为天一隅，
与其苦筋力，必欲荣薄躯，
不如及清时，策名于天衢。

写到苏武，我们不得不请出与苏武交情深厚、同朝为官，后来却又投降匈奴的悲情人物李陵。公元前 99 年，李陵带八千人出征匈奴，后与八万匈奴大军作战，最终寡不敌众被捕，随后向匈奴投降。那时的苏武已经被匈奴关押了起来，匈奴想了很多办法来逼迫苏武投降，未能如愿。当单于知道李陵和苏武是交情深厚的好友时，便派李陵前去劝降苏武。

在文学成就上，李陵的成就胜过苏武，他诗歌的特性里多了空旷、悠远与绵长，他人物性格的悲情更是深深融入进他的诗行，读来让人动容。这首《录别诗》是李陵写给苏武的二十一首中的第一首。我们先来浅析一下这首《录别诗》的内容：

钟声缭绕在南山，游历四方的仲尼，在叹息什么时候才是回家的日期。战马在边关嘶鸣，远离故乡的游子在思念着故乡的老屋。太阳鸟向着云朵飞行而去，蛟龙也潜入了海底。匆匆岁月，人生一世，富贵与贫穷没有什么可惧怕的。如果我的身上没有背负四项罪名，怎么会怕自己身处何处呢？与其让自己伤神劳力，让自己的身体受莫大的委屈，不如及时看清当下形势，让自己名字也能入册。

这首诗的点睛之处就是最后的收尾，李陵既然是奉单于之命来劝降苏武，自然就会劝苏武应当顺应时代的潮流，不要一意孤行，放着高官厚禄不要，却偏要受苦。

那么在李陵投降匈奴之前，苏武到底经历了怎样的劫难呢？苏武奉命作为带着汉朝重礼护送匈奴大臣返回匈奴，他本以为把那些大臣送回匈奴就可以返回汉朝，可世事难料。苏武身边有一个名字叫张胜的手下，与投降匈奴的汉臣虞常素有交情，虞常听说张胜陪同苏武出使匈奴，遂私下拜访张胜，并答应张胜悄悄处死降臣卫律。

苏武刚到匈奴一个多月，办完了事情想要返回汉朝的时候，一件意想不到的事情发生了。虞常谋反的事情被告发，而审这件案子的人却恰恰是卫律。张胜知道事情不妙，便急忙将这件事告诉了苏武。苏武大惊，知道自己返回大汉的机会渺茫，但内心坚毅的苏武绝不能接受被卫律侮辱。他深知如果自己被审问和陷害，会对国家不利。于是他便想要以自杀的方式来维护自己和国家的尊严，苏武向张胜表明：“一言以蔽之，为了祖国的尊严。死，可以维护尊严，就自杀；活，可以维护尊严，就强活。”

当卫律提审苏武的时候，苏武知道自己大限将至，他对常惠道：“屈节辱命，即使活着，有什么面目归汉！”说完拔刀刺向了自己的胸膛。苏武的举动让卫律大惊，急忙招来匈奴最有名的医生把苏武从死亡线上拉了回来。

自此之后，单于依然经常派人审问苏武、劝降苏武，后来单于发现苏武身上刚烈的性格和大无畏的精神越发令人敬佩，单于便更加不想放苏武归汉了。单于对苏武既威逼又利诱；李陵也用尽办法说服苏武，苏武都咬紧牙关，决不投降。苏武越不投降，单于越想得到苏武这样的忠臣。忍无可忍的单于在一个寒风凛冽、大雪纷飞的夜晚把苏武推入了地窖之中。苏武以雪和包裹他身体的毡毛充饥，竟然几天几夜没有冻死和饿死。单于无奈，后又把苏武贬到了北海（也就是现在的贝加尔湖）牧羊，并扬言苏武要想归汉，除非公羊生崽。

在北海牧羊的苏武，生活孤单、凄惨、悲苦。他用坚定的信仰、顽强的意志支撑着自己高洁的灵魂。他想有一天能回到故土，回到自己的家。

## 别诗（苏武别李陵诗四首·其一）

苏武

骨肉缘枝叶，结交亦相因。
四海皆兄弟，谁为行路人。
况我连枝树，与子同一身。
昔为鸳与鸯，今为参与辰。
昔者常相近，邈若胡与秦。

惟念当离别，恩情日以新。

鹿鸣思野草，可以喻嘉宾。

我有一罇酒，欲以赠远人。

愿子留斟酌，叙此平生亲。

苏武的这首《别诗》是他在北海送别李陵时所作，我们先来浅析一下这首诗的大致含义：

兄弟好比同生在一棵树上，与朋友结交也是如此。四海之内皆为兄弟，谁都不是莫不相关的行路人。何况你我本是连根生，与你同出生在一个国家。昔日我们同在一个朝堂为官，今日为什么又劝我去效劳新的君王。现在我不仅怀念与你离别时的场景，更会珍惜久别重逢的惊喜。麋鹿鸣叫是因为思念原野，我现在想和你开怀畅饮，与你把酒言欢，述说平生的思念与远方的亲人的安慰。

李陵来到北海，让苏武内心激动不已，虽然李陵已经投降匈奴，但苏武并没有责怪李陵之心，因为他懂得李陵内心的痛楚。两人相聚一起，只谈昔日情谊，久别重逢的惊喜用暗喻的方法在诗行里写出了“况我连枝树，与子同一身。昔为鸳与鸯，今为参与辰”。苏武从诗行里让李陵明白，自己不会投降，现在的苟且偷生只是为了保全自己的气节，保全自己国家的尊严。

苏武的话让李陵羞愧无比，就此再不提劝苏武投降的事情，两人的交情也没有割断，而是成为文字上的知己，用一首又一首的诗诉说着心语，把彼此的灵魂安放于文字之中。

就这样，苏武在北海一待就是十九年，曾经因为没有粮食吃而以挖野鼠为生，也曾因为李陵和单于的弟弟于靬王的帮助而衣食无忧过，可无论生活怎么样，苏武始终抱着定要生还故乡的愿望。果然上天不负有心人，六十岁的苏武，终于归汉。

## 咏史上·苏武

陈普

伏匿穷庐燧意回，子卿一夜梦阳台。
归来不与曾孙议，未必麒麟生面开。

这首《咏史上·苏武》由南宋著名教育家、理学家陈普所作，这首小诗把苏武伟大的英雄形象，如巨人一般屹立在历史的长河里，作为忠贞不屈的爱国将士的榜样被后人歌颂并赞扬着。

众人却不知道，归汉后的苏武，晚年生活非常孤单。苏武在匈奴的这些年里，妻子改嫁，一个儿子失踪，一个儿子因为谋反被杀，一个女儿在战乱中也不知去向。当汉朝的皇帝问苏武还有没有儿子的时候，便有大臣站出来对皇帝说："苏武以前在匈奴发配时，娶胡妇为妻，生一个儿子名字叫苏通国。"于是，汉宣帝便让人用重金把苏武的儿子从匈奴赎了回来。

写到这里，我的脑海里突然呈现出了大型歌剧《蝴蝶夫人》的场景。而苏武在匈奴娶的妻子何尝不是这样一位悲情女子呢？如若不是当年这个伟大的匈奴女子无畏无惧地嫁给苏武，给了苏武一个精神上的支柱，并诞下一子，相信苏武也难以在北海恶劣的环境下生存下来，正应了那句"伟大的男人背后总是站着一个默默无闻的女子"。这个女子的后半生比苏武悲伤凄凉得多。中年时，她失去丈夫，晚年时，她的儿子却又离她而去，不知她的晚年有多么凄凉、困苦，可却无人记挂，无人想起。

滚滚长河已经流过了两千多年的时光，岁月把许多故事都埋没得无影无踪，我们也无法猜测出当时回来的苏武为什么不连同自己的妻儿一起归汉？或许他也有他的苦衷吧？

# 屈原·魂魄毅兮为鬼雄

## 九歌·国殇

屈原

操吴戈兮被犀甲，车错毂兮短兵接。
旌蔽日兮敌若云，矢交坠兮士争先。
凌余阵兮躐余行，左骖殪兮右刃伤。
霾两轮兮絷四马，援玉枹兮击鸣鼓。
天时怼兮威灵怒，严杀尽兮弃原野。
出不入兮往不反，平原忽兮路超远。
带长剑兮挟秦弓，首身离兮心不惩。
诚既勇兮又以武，终刚强兮不可凌。
身既死兮神以灵，魂魄毅兮为鬼雄。

读着屈原的这首《九歌·国殇》，历史扉页上便有一段金戈铁马的往事跃然纸上：“那些士兵手里拿着长戈，身上穿着犀牛皮做成的盔甲，车马交错兵刃相接。挥舞的旗帜如一朵又一朵的云儿，蔽住了太阳的光芒，飞舞的利箭让士兵们如雨点一般落下马背。万恶的敌人啊侵犯我们的国家，凌辱我们的士兵，左骖被敌人杀死，右骖又负了刀伤。陷阱陷住了我们的车轮，绳索绊住了我们的骏马，英勇的战士抱起玉锤敲响了战鼓。天昏地暗、乌云滚滚、雷雨怒吼、生灵涂炭、尸横遍野，出征的男儿从此一去再没有返回家园，茫茫原野成为生命的断崖。佩带着长剑的男儿拉开弓弩，哪怕生命就此结束却是壮士之心、爱国之情。我们要以勇气强硬地应对外敌，我们伟大的民族绝不可以被侵犯和凌辱。即使我们的生命走到尽头结束，精神也会永存，我们即使成了鬼也要做鬼中的英雄。”

这是一首大义凛然视死如归的诗作，充满悲壮与正义，千百年来，不知道被多少保家卫国的壮士大声歌唱着走向沙场，为国家、为民族抛头颅、洒热血。从这首诗里，可以看到夕阳的残红里映着壮士流淌的鲜血，染红朵朵桃花，而我们伟大的爱国主义诗人、政治家屈原，他的精神与灵魂就端坐在这桃花的上面，随着一个又一个春天永存世间，被世人讴歌和赞扬。

屈原是中国历史上第一位伟大的爱国诗人，中国浪漫主义文学的奠基人，被誉为“中华诗祖”“辞赋之祖”。屈原在中国文化史上的成就如一颗闪闪的明珠，永远照耀在人间。他是“楚辞”的创立者和代表作者，开辟了“香草美人”的传统。

在这里要解释一下“香草美人”的由来，香草美人来自于屈原的作品《离骚》里的诗句：“惟草木之零落兮，恐美人之迟暮。”东汉著名文学家王逸在自己的《离骚序》里有这样的句子：“离骚之文，依诗取兴，引类譬喻。故善鸟香草以配忠贞，恶禽臭物以比谗佞，灵修美人以媲于君，宓妃佚女以譬贤臣，虬龙鸾凤以托君子，飘风云霓以为小人。”从此，香草美人便成为爱国人士忠君爱国的美称。清代龚自珍的《浪淘沙·舟中夜起》中曾有“香草美人吟未了，防有蛟听”的诗句。而屈原的许多作品里，都会有植物、美人的出现，所以后人便把香草美人比喻成一种文字风格，作为一种爱国精神被传承了下来。

在世人的心中只知道屈原是一个伟大的爱国者、浪漫主义诗人，却很少人知道他同时也是一位哲学家、心理学家与玄学主义者。相信每一位看过电视连续剧《芈月传》的观众，都知道芈月一生信奉的神灵是“少司命”，在芈月的内心里，少司命就是带给她生命、送给她福祉、吉祥平安的神灵。而少司命女神的由来和传说，就出自屈原的《九歌·少司命》篇：

秋兰兮麋芜，罗生兮堂下。
绿叶兮素华，芳菲菲兮袭予。
夫人自有兮美子，荪何以兮愁苦？
秋兰兮青青，绿叶兮紫茎。
满堂兮美人，忽独与余兮目成。
入不言兮出不辞，乘回风兮载云旗。
悲莫悲兮生别离，乐莫乐兮新相知。
荷衣兮蕙带，儵而来兮忽而逝。
夕宿兮帝郊，君谁须兮云之际？
与女沐兮咸池，晞女发兮阳之阿。
望美人兮未来，临风怳兮浩歌。
孔盖兮翠旍，登九天兮抚彗星。
竦长剑兮拥幼艾，荪独宜兮为民正。

整首《少司命》共一百八十四字，却把人间一场盛大的祭祀场景呈现在了世人的眼前。我们中华民族是一个历史悠久、底蕴深厚的民族，同时又是礼仪之邦。古人把人与人之间交往时的君臣、夫妻、父子之间的礼仪，包括大型活动和对祖宗的祭祀看得非常重要，这形成了一种特殊文化被流传了下来。生活在民间的屈原是个有心之人，他每到一处都会仔细观察这些大型宴会和祭祀场景，并把这些场合上所用的音乐与人们口中的唱词记录下来，用自己的知识做进一步的创新。

《九歌·少司命》里所提到的植物名字，都是有深刻含义的：这里的秋兰，是用来祈祷人们多子多福的。蘼芜是一种中草药的名字，主要用途就是治疗不孕症。这里的美人指代的便是少司命女神了，最为美好的当数这首词的最后收尾处，把温暖、爱与善良洒落人间。从此楚国人便把少司命认为是执掌人间子嗣及儿童命运的女神，她集正义、温柔、美丽、善良、坚韧于一身。

当时的屈原因为一心为楚国百姓和国家大事着想，并用一颗赤诚之心做着国家一些规章制度、法律法制的改革。在百姓心目中，屈原的威信与威望非常高，他就是无所不能的神，人们尊敬地称他为屈子。在古代，这一个“子”字是不会轻易授予一个人的，因为这个字是知识渊博、威望极高之人专用的代称。

在这里，为什么说屈原还是一位心理学家与玄学主义者？屈原的精神与思想不仅活在中国壮士和文人墨客的心中，同时他的精神与思想也一直流传在民间，代代相传、经久不息。

在古代，由于科学与医学的落后，像孩子因为惊吓而精神萎靡不振、昏睡不醒、不吃不喝的现象，从医学的角度很难找到医治的妙法。还有孩子因为缺钙而夜哭的事情，也是中国古代中医们无法用望、闻、问、切来探出究竟的。为人父母者遇到孩子出现这样的状况，往往非常担心害怕，害怕孩子会得了什么怪病、得了什么不治之症，害怕失去自己的孩子。所以在当时有许多家长因为无法治疗孩子夜哭症和惊吓症而找到屈原，希望屈原能帮他们想出办法。众所周知屈原是个满腹经纶之人，并且他所学极杂，从儒学到佛学再到道家思想，屈原皆有涉猎。再加上屈原从东周这个中国古代礼仪的发源地长大，虽然他出身高贵却是生活在民间的时间比较长，对周礼极为熟悉。所以屈原望着这些求他之人的迫切心情，便根据自己所学，编写出了给孩子叫魂的歌谣，教给家长们为受惊吓的孩子叫魂，并附以简单的安神定静的中药方给他们。其实，这是屈原利用了心理学给父母以希望，让家长通过关爱给孩子以安全感。

相信一直到现在，我们这些从农村或者城市长大的孩子，都有被父母叫魂的经历。每当我们因为某件事情受到惊吓不敢出门的时候，父母会在夜幕降临的时候，拿上一件孩子正穿的衣服，孩子的奶奶一边拍打着孩子的衣服，一边叫着孩子的名字，并口里喊着："某某回家了。"这时，孩子就会应一句："回家了。"她们就这样围着村子走一圈后，把衣服穿到孩子的身上。说来也奇怪，许多孩子的精神会立刻好转了起来，能吃能喝再没有害怕和无精打采的样子。在民间有人把这样的举动说成是迷信，但倒不如说是一种爱的形式的表达，父母这样的举动和爱意给了孩子心灵上的抚慰，让他们内心有了战胜害怕的依靠与力量。

楚威王执政的时候，楚国位于中国的南方，因地理位置的优越，再加上楚威王治国有方，所以在战国时期，楚国一度成为齐、楚、燕、韩、赵、魏、秦七国中最强大的国家。而楚威王因为注重屈原的才气，重用屈原，任命屈原为左徒，也就是相当于现在国务院副总理的职位，并采用屈原的改革方策。到了他的儿子楚怀王执政的时候，因楚怀王性格懦弱、没有主见、好色奢靡再加上偏听偏信，让楚国慢慢走向了没落。

作为一个思想高尚而又纯洁的文人，在钩心斗角的政治斗争中，屈原很快就败了下来。当楚国需要屈原的时候，楚怀王就把他请进宫里。当楚国认为不需要屈原的时候，就把他流放，并且罢去他左徒的官职，封给了他一个三闾大夫的职务。楚怀王本想屈原收了弟子每天讲学便不关心政事了，意想不到的是满怀抱负的屈原把自己的知识和政治理想都教给了自己的弟子们，为楚国培养出了一大批优秀人才，可惜一代昏君根本就不采用屈原的建议。第三次流放时，屈原永远不能再回郢都。

公元前 278 年的五月五日，屈原心怀惆怅，独自一人来到汨罗江边，想起秦国已经攻下楚国并占领郢都，忧伤之情由心而生。一渔夫望着屈原消瘦而憔悴的面容问道："子非三闾大夫欤？何故至此？"屈原回答说："举世混浊而我独清，众人皆醉而我独醒，是以见放。"渔夫便说："夫圣人者，不凝滞于物，而能与世推移。举世混浊，何不随其流而扬其波？众人皆醉，何不哺其糟而啜其醨？何故怀瑾握瑜而自令见放为？"屈原道："我听说，新沐者必弹冠，新浴者必振衣，人又谁能以身之察察，受物之汶汶者乎！宁赴常流而葬乎江鱼腹中耳，又安能以皓皓之白而蒙世俗之温蠖乎！"说到此处，屈原的心悲愤到了极致，写下自己人生最后的绝笔《怀沙》，然后怀抱石块，让自己沉到了江底。

离娄微睇兮，瞽谓之不明。变白以为黑兮，倒上以为下。

凤皇在笯兮，鸡鹜翔舞。同糅玉石兮，一概而相量。

夫惟党人鄙固兮，羌不知余之所臧。任重载盛兮，陷滞而不济。

怀瑾握瑜兮，穷不知所示。邑犬群吠兮，吠所怪也。

——节选《怀沙》

这是屈原《怀沙》最后的句子，字里行间深刻体现着这位伟大诗人望着这个黑白颠倒的世界，空有一腔爱国心，却又怀才不遇的悲伤情怀。那种毅然与决绝也都倾泻而出。

屈原的爱妾女婴是一位对屈原不离不弃的女子，在屈原被流放的所有日子里，女婴一直精心照顾着屈原的衣食住行。屈原喜欢游学，喜欢到山里修炼，女婴怕屈原吃不好、穿不暖，便把屈原平时爱吃的红枣、米饭捏成团用棕叶包上，再给他带上一壶雄黄酒。当女婴得知屈原投江自尽的消息后，悲痛不已，连夜做了红枣米饭团，带上一壶雄黄酒，划着一叶小舟漂荡在了汨罗江的江面上，把饭团和雄黄酒投到江里，自己也纵身跳到了江中。

因为女婴包裹红枣米饭的叶子用的是粽叶，后人便管这种食物叫“粽子”，为了纪念伟大的爱国诗人屈原，人们把每年的五月五日叫“端午节”。每年一到端午节，人们便会包粽子、赛龙舟，用以表达对屈原的怀念与敬慕。与其说在这样的节日是来怀念屈原的，倒不如说是人们内心对和平的期望，对公正、公平以及对美好爱情生活的向往。

# 李贺·男儿何不带吴钩

## 南园十三首·其五

李贺

男儿何不带吴钩，收取关山五十州。
请君暂上凌烟阁，若个书生万户侯？

这首《南园十三首·其五》出自唐朝诗人李贺之手，这首诗词一入笔便是一个设问句，直入主题，让一腔热血的男儿从内心迸发了保家护国的斗志。接着作者又是一个设问句，他问天下有几个心怀大志，却又无法施展自己志向的文弱书生能让自己的名字永存凌烟阁，能食邑万户被封官晋爵的。

从这首气势磅礴的诗词里，我们可以看到作者满腔爱国情怀不得施展的忧伤与落寞。是的，李贺是一介书生，虽然饱读诗书、才华出众，但一直被封建思想压抑着、排挤着，终身不得志。

李贺，约公元791年—约817年，字长吉，后世称李昌谷，是唐宗室郑王李亮后裔。有“诗鬼”之称，是与“诗圣”杜甫、“诗仙”李白、“诗佛”王维相齐名的唐代著名诗人， 与李白、李商隐三人并称唐代“三李”。那么被世人称为“驴背诗人李长吉”的李贺，他的一生又有怎样的传奇经历呢？

# 高轩过

李贺

韩员外愈、皇甫侍御湜见过，因而命作。

华裾织翠青如葱，金环压辔摇玲珑。

马蹄隐耳声隆隆，入门下马气如虹。

云是东京才子，文章巨公。

二十八宿罗心胸，九精照耀贯当中。

殿前作赋声摩空，笔补造化天无功。

庞眉书客感秋蓬，谁知死草生华风。

我今垂翅附冥鸿，他日不羞蛇作龙。

李贺的这首《高轩过》层次分明、用词考究，诗里事、理、声、色、画面感、风景以及人物都活灵活现。如此精美、大气而又充满正能量的诗，你能猜出是一个只有七岁的孩子写的吗？是的，这首诗便是李贺七岁时所作。

从入笔的题记里，我们可以看出，这里“韩员外愈、皇甫侍御湜见过，因而命作。”这句话里的两个人分别指的是盛极一时的唐朝大文学家韩愈与韩门弟子、著名古文家皇甫湜，整首诗词的大致含义是：

青翠如葱的华美官服穿在两位大人的身上，马辔头上压着金环，马儿每向前一步便会摇响清脆的铃铛声。隆隆的马车声传来，走下马车的人更是气势如虹。原来他们一个是洛阳城的大才子，一个是名震天下的文章巨公。二十八宿的才气都聚在他们胸中，天地精华他们都能融会贯通。大殿上吟诗作赋的声音响彻天空，他们笔下的本领，天下无人能比。我只是一个客居他乡的布衣书生，谁能想到枯草遇到春风。我就像垂翅的鸟儿附上大雁，他日也定能小蛇变成大龙。

那么唐朝位高权重的大文学家韩愈和皇甫湜，怎么会无缘无故去看望一个无名无分普通百姓家的小儿呢？这自然与李贺小小年龄却才气远扬有关。

李贺身体里流淌着皇族的血液，但充其量也只能算是没落贵族家庭，他的远祖是唐高祖李渊的叔父大郑王李亮，属于唐宗室的远支。武则天执政时大量杀戮高祖子孙，到李贺父亲李晋肃时早已没落民间，过着贫困潦倒的生活。李贺才刚刚出生不久，李贺的父亲便因病离世，从此，一家人的生活更加拮据。但无论生活怎么穷苦，也没有淹没李贺天生的才气。当时李贺虽然小小年龄，却是对五经诗书的内容过目不忘，他出口成章，并渐渐扬名在外。

当韩愈在民间听说时，从内心对这个七岁小儿充满好奇，这一日正好他的弟子皇甫湜来访，于是韩愈便约了皇甫湜一同寻访李贺。韩愈看到李贺的时候，一下喜欢上了眼前的小儿，李贺虽然身材瘦小，但举手投足之间却是显出大家的风度与优雅。为了考验李贺的真才实学，韩愈便让李贺现场做一首诗给他们。此时的李贺也是有满腹的感动和心事对韩愈讲，于是提笔而就这首《高轩过》，本诗共分为三个部分，第一部分交代人物，主要写韩愈和皇甫湜到他家来访时的气势。第二部分自然就是李贺从内心对韩愈和皇甫湜人品、文品的赞赏了。然后第三部分写的是自己当下生活的处境与内心的远大抱负。此诗一气呵成，落笔干净利索，更是有着一种英气从诗里中飘荡而出。韩愈把诗捧在手中，反复欣赏，欢喜不已。

在《全唐诗》里，写应酬的作品所占比例极大，真正让世人称为上上作品的诗作更是少得可怜。但李贺的这首《高轩过》，可以说是《全唐诗》里写应酬作品年龄最小的一位作者，也是受到世人高度赞扬的一首作品。

李贺也正是因为自己的这首作品而名声远扬。后来，韩愈在自己的家宴上，又专门邀请小李贺来参加，并介绍许多当时的文人墨客与李贺认识，可以说年龄只有七岁的李贺，在当时是名声在外。

无论是李贺七岁的诗篇，还是他以后呕心沥血仔细雕琢的作品，我们仔细品味其中滋味，在忧伤与痛苦之中，从不失一展宏图的渴望。然而李贺的仕途却充满坎坷，一生郁郁而不得志。

愈与李贺书，劝贺举进士。贺举进士有名，与贺争名者毁之，曰贺父名晋肃，贺不举进士为是，劝之举者为非。听者不察也，和而唱之，同然一辞。皇甫湜曰："若不明白，子与贺且得罪。"愈曰："然。"

——节选韩愈《讳辩录》

韩愈的这篇辩论文《讳辩录》，辩论的主要内容就是因为别人嫉妒李贺的才气，而故意说李贺的父亲名字叫"晋肃"与"进士"谐音，来诋毁李贺不能通过考取进士来求得功名，而那些不明就里的人也跟着纷纷附和。并且首先提出李贺因为其父亲名字不能考试的人，竟然是位高权重的唐朝礼部侍郎元稹。

韩愈听说这件事情后，怒作《讳辩录》来力争李贺的清白，这篇《讳辩录》大致意思是："我给李贺写了一封书信，劝他到京城考取功名。因为李贺的才气在外早就扬名，那些居心叵测的人对他充满嫉妒之心，故意出来诋毁他，说李贺的父亲名叫晋肃，李贺是不能中进士的，勉励他去考的人是不对的。听到这种议论的人不加分辨，纷纷附和，众口一词。皇甫湜对我说：如果不辩明这件事，您和李贺都会因此获罪。我回答说：是的。"

那么李贺与唐朝大诗人、官居要位的风流大才子元稹之间又有什么过节呢？众所周知，李贺天才早熟，从七岁开始成名，他的作品被世人所欣赏与赞扬。成名后的李贺经常骑着父亲生前送他的小毛驴独自行走天下，把在人世间看到的、亲身经历的事情，都融入自己的诗里。所以他每次出门身上都会背一个布袋，每当望着眼前景色，人间事物，诗的灵感突显脑海中的时候，他都会拿出随身所带笔墨，把写好的诗投进自己随身所带的布袋中，这也是后人为什么称他为“驴背上的诗人”原因所在了。李贺写诗从来不急着立意，从来不生搬硬套，他的诗都来自民间，自己亲眼所见、所思、所感。所以这也是当时世人为什么喜爱李贺诗词的原因所在，因为他的诗引起了读者们心灵的共鸣。

再说元稹，也是曾经写出像“修身不言命，谋道不择时；露湿秋香满池岸，由来不羡瓦松高；曾经沧海难为水，除却巫山不是云；取次花丛懒回顾，半缘修道半缘君。”等流传千古名句的一代文人，但元稹在当时文人圈里的名声却并不算太好，他为做官负了初恋情人崔英英，选婚高门。唐朝四大美女诗人之一薛涛也为他落下一生的相思泪，更是拆散了唐朝最美歌伎刘采春的家庭，把她纳为自己的小妾。为升职，不惜与当朝掌权太监狼狈为奸。

这些对性格直爽而又与世俗不同流合污的李贺来说都是不屑一顾的，所以当元稹听说李贺的名气，前去拜访李贺的时候，李贺闭门不见，从此两人之间结下了梁子。有主考官站起来阻挠李贺考试，那些平日里嫉妒李贺才气，怕他与自己争名的学子、学士们便纷纷站到元稹这边。韩愈所写的《讳辩录》没能改变李贺的命运，李贺最终于京试失之交臂。

# 雁门太守行

李贺

黑云压城城欲摧，甲光向日金鳞开。
角声满天秋色里，塞上燕脂凝夜紫。
半卷红旗临易水，霜重鼓寒声不起。
报君黄金台上意，提携玉龙为君死！

从李贺的这首《雁门太守行》里，我们再一次看到了一场盛大的战争场景："敌军如滚滚黑云一般向城池一浪又一浪地压来，我方守城的士兵身上的盔甲在阳光下闪着光，手执弓箭长矛迎接敌人的到来。高昂的号角声响彻整个秋天的田野，战士们流淌成河的鲜血把夜色染成了紫色。红旗在风中半卷，救援的部队从易水来，秋霜深重，鼓声冷寒。只为报答君王的恩赐，提刀拔剑，浴血奋战。"

李贺的一腔报国热情无法施展，在安史之乱后，国家更是处于兵荒马乱中，当李贺听说爱国将领李光颜从易水率领救兵来支援，并身先士卒冲击吴元济叛军的包围，杀得敌人人仰马翻、狼狈逃窜。战争后，李贺挥笔写下这首《雁门太守行》。

李贺后来在韩愈的极力推荐下做了三年九品奉礼郎，可在任职期间，他看到的更多的是官场斗争、百姓疾苦，一个九品官看着这些，真切地感觉到了"心有余而力不足"这句老话。

仕途不顺利，妻子也突然离世，李贺终日郁郁寡欢，终积劳成疾。他二十七岁那年，他永远地辞别了这个令他既爱又恨的世界。一代"诗鬼"李贺就这样为自己的一生画上了潦草的句号，遗憾、遗憾、遗憾。

# 杜牧·隔江犹唱后庭花

## 泊秦淮

杜牧

烟笼寒水月笼沙，夜泊秦淮近酒家。

商女不知亡国恨，隔江犹唱后庭花。

皓月的清辉洒落在烟波浩渺的寒江之上，夜色降临，那些小舟都停泊在秦淮河畔，河畔两岸的酒馆内灯火通明。手抱琵琶的金陵歌女似乎不知何为亡国之恨黍离之悲，竟依然在对岸吟唱着淫靡之曲《玉树后庭花》。

杜牧，唐代杰出的诗人、散文家，宰相杜佑之孙、杜从郁之子，人称“小杜”。从杜牧的这首《泊秦淮》里，我们仿佛看到了立体的画面，统治者的醉生梦死与摇摇欲坠王朝的哭泣声形成了鲜明的对比。杜牧的诗以七言绝句著称，内容以咏史抒怀为主，其诗英发俊朗，多切经世之物，在晚唐成就颇高。

有的人，一心希望自己的仕途顺风顺水、节节高升，在高升的过程中，他们忘记了自己的初心与本性，在当时的官场中处处设防、处处设陷，总想置对手于死地。但杜牧却与这样的人形成了鲜明的对比，杜牧虽然生在官宦人家，爷爷和父亲都是当朝重臣，但在他的身上却找不到一点纨绔子弟的特征。他的仕途一帆风顺，但他不忘初心、不改始终，心里永远放着家国天下。

杜牧生活的年代，已是唐朝晚期，牛李两党之争处于白热化阶段，整个国家更是处在战争与叛乱的水深火热之中。这首《泊秦淮》就写在杜牧为官初期，那时的杜牧对国家的命运非常担心，更是对摇摇欲坠的大唐王朝充满担忧之心，所以当他路过秦淮河时，看到河岸两边灯火通明的酒店里那些寻欢作乐的人依然颓靡买醉，歌女抱着琵琶唱着南朝陈后主陈叔宝创作的亡国之曲《玉树后庭花》，内心生出许多悲哀，挥笔写下这首流传千古的诗，想以此来唤醒国人们麻木的灵魂，让他们知道国家的现状，让他们来关注国家的命运与前途。

六王毕，四海一；蜀山兀，阿房出。覆压三百余里，隔离天日。骊山北构而西折，直走咸阳。二川溶溶，流入宫墙。五步一楼，十步一阁；廊腰缦回，檐牙高啄；各抱地势，钩心斗角。盘盘焉，囷囷焉，蜂房水涡，矗不知其几千万落。长桥卧波，未云何龙？复道行空，不霁何虹？高低冥迷，不知西东。歌台暖响，春光融融；舞殿冷袖，风雨凄凄。一日之内，一宫之间，而气候不齐。

——节选杜牧《阿房宫赋》

杜牧在二十三岁时写出这篇《阿房宫赋》，并惊动朝野，在这篇《阿房宫赋》里，杜牧引古论今，总结秦王朝灭亡的历史教训，暗讽朝政里的暴行。在这里节选的是《阿房宫赋》第一段的内容，杜牧一入笔，便直指内容的主题思想：“六王毕，四海一；蜀山兀，阿房出。”其意思指的是：“齐、楚、燕、韩、赵、魏六国被秦国消灭，天下得到统一。四川的山都被砍伐成了秃山，在陕西修建了一座富丽堂皇的阿房宫。” 公元前 221 年秦始皇灭六国统一全国，公元前 207 年秦朝灭亡，一个庞大的帝国只存在了十五年，便土崩瓦解。

大秦王朝从统一六国到灭亡为什么如此短命？这与秦始皇的暴政和大兴土木有一定关系。当时杜牧所以写自然与他看到的当下国情有关，当时执政的皇帝是唐敬宗，只有十六岁，他荒淫无道，朝廷上下一团乱麻，又是党派纷争，又是藩镇割据，又是太监当道，整个大唐战争不断，风雨飘摇。所以杜牧写《阿房宫赋》的目的非常简单与清晰，就是借古喻今，引起当政者的重视，提醒当政者以国家大事和政治前途为重。

杜牧二十六岁中了进士之后，便一脚踏入了仕途之中，他利用自己所学的军法，向当朝宰相李德裕献计，被李德裕欣然采纳，结果李德裕所带军队大获全胜。本想自己的远大抱负与理想从此就可以实现，但杜牧很快发现现实与想象仍然相距十万八千里，朝廷的腐败，官场里的钩心斗角，杜牧如履薄冰。虽然当时李杜两家是世交，李德裕也非常爱惜杜牧这样的人才，但因为杜牧与当时牛僧孺私下交往甚密，而李德裕是李党的代表与牛僧孺势不两立。所以李德裕还是对杜牧下手了，这是杜牧进入官场以来第一次被迁官外放，公元 842 年，杜牧被外放到黄州（今湖北省黄冈市）做刺史。

## 早雁

杜牧

金河秋半虏弦开，云外惊飞四散哀。
仙掌月明孤影过，长门灯暗数声来。
须知胡骑纷纷在，岂逐春风一一回？
莫厌潇湘少人处，水多菰米岸莓苔。

杜牧的这首《早雁》作于他被下放到黄州做刺史的当年8月，北方回鹘族乌介可汗率兵南侵，边疆百姓纷纷逃亡。而远离京都的杜牧虽然满怀抱负，却也是鞭长莫及，便写下此诗，希望引起皇宫内那些掌权者们的注意。

这首诗的大致含义是：“中秋时节金河边地，回鹘士兵开弓射箭，把雁群惊散，一只失散的大雁在空中哀伤鸣叫。寒冷的月夜，一只落伍的大雁孤单地飞过天际，那悲伤的哀鸣声一直传到昏暗的长门宫里。从它的哀鸣声里，它应该知道它的故乡已尸横遍野，而自己怕再也不能随着春风返回故乡。请不要嫌弃潇湘一带人烟稀少，在一望无垠的水岸边生长的菰米绿苔可免去人们饱受饥寒之苦。”

杜牧把民生之苦深深融入了这首诗里，战争、灾害、饥荒让无数人无家可归，让无数人失去生命，而唐朝皇宫里执政者们还过着淫乱奢侈的生活。这怎能不让性格正直、以民生为重的杜牧痛心疾首！

但此时的杜牧对唐朝政府还没有完全失望，他每到一处便以民生为重，做出了许多保护当地百姓利益的措施和改革。他个人也是连连高升，他合理的建议也会得到一些正直大臣们的采纳，从公元842年到公元848年，仅仅六年的时间，杜牧从黄安刺史一路升职，官位做到了吏部员外郎。

## 过华清宫绝句（之一）

杜牧

长安回望绣成堆，山顶千门次第开。
一骑红尘妃子笑，无人知是荔枝来。

《过华清宫绝句》是一组诗，共三首，这里选的是第一首，并且这首诗可以说一直到今天，仍是一首家喻户晓的名诗。因其含义过于明了与直接，它用讽刺的笔触直指统治者的心脏：“从长安回望骊山，只见山清水秀，风景如画，宛如一堆锦绣，山顶上的一道道宫门在晨雾中被逐次打开，像是打开了一幅人间仙境。一人一骑行色匆匆，看不清他背上背的是什么东西。唯有杨贵妃凭栏远望，笑意浓浓。望着奔驰的骏马，她知道是自己最爱吃的荔枝从远方运来了。”

在这里杜牧笔下所写的荔枝，是岭南的荔枝，而岭南到长安有数千里之遥。但因为杨贵妃爱吃荔枝，再远的距离便也不再是距离。可见当时杨贵妃与唐玄宗生活的腐败与奢侈，可见这唐玄宗到底有多么宠爱杨贵妃。杜牧通过唐玄宗因为宠爱美人杨贵妃的前车之鉴来提醒执政的唐敬宗要以国事为重。

生在唐朝晚期的杜牧，面对内忧外患的形势，忧心如焚，渴望力挽狂澜，济世安民。他在《郡斋独酌》里说自己：“岂为妻子计，未在山林藏。平生五色线，愿补舜衣裳。弦歌教燕赵，兰芷浴河湟。腥膻一扫洒，凶狠皆披攘。生人但眠食，寿域富农商。”

是的，越是走进京城，杜牧感觉距离自己的远大理想与抱负越远，统治者们一直在为权力明争暗斗着，完全无心事顾及外敌的入侵、百姓的生死。杜牧便产生了退出仕途、退隐山林的想法。但他的第一次辞请并没有得到恩准，于是杜牧连连写了三道辞请，请求外放湖州刺史，最后终于如愿以偿。

## 叹花

杜牧

自恨寻芳到已迟，往年曾见未开时。
如今风摆花狼藉，绿叶成阴子满枝。

民间传说，杜牧坚决请辞去湖州还因为与他的一段美好爱情有关。也正应了自古才子多风流，杜牧也不例外，他的才气、家世和声望给他带来了非常好的女人缘，他在宣州任职的时候，听说湖州美女如云，便游玩到湖州，得到了湖州刺史崔君盛情款待。两个人在波光粼粼的江面上一边举杯浅吟，一边观望着人间美景。突然，一个女孩美妙的歌声传入杜牧的耳中，杜牧举目四望，看到在距离自己大船不远处，一位女子正撑着一叶小舟一边捕鱼，一边歌唱，再看那女子容貌俊美，身姿曼妙，杜牧一下被这不加任何修饰的天然之美所吸引，立刻让下人招捕鱼的母女上自己的大船来。得知这女孩父亲去世得早，母女二人只好以捕鱼为生时，杜牧便让崔君做媒，下了重礼定下亲事，并许诺十年以内一定来和女子成婚，如果十年之期满，他没有来，女孩可以再许配他人。

哪承想，因公务缠身和战争时时发生，杜牧这一去便是十四年之久，直到他对朝廷彻底失望，最终才被批准来到湖州，杜牧一到湖州便急忙去找那位与他订了婚约的姑娘，可那女孩已经与人结婚并生下孩子。

因为那女子是守了十年之约的，杜牧再不好说什么，也不好强行拆散人家的美好姻缘，失落之下，写出了这首满含遗憾之诗，一个“叹”字，让杜牧把内心的酸楚与相思之情全部融入其中：“本来是寻找春天、欣赏花儿的，结果却来迟了，往年这个时节这些花都还未盛开，今年却开得这么早。如今风吹着一地的落花，碧绿的叶子遮挡着阳光，青涩的果子挂满枝头。”

杜牧以花喻人，想起自己与那女子相识时，她才是一位十四岁的小女孩儿，是一朵含苞待放的花朵，可如今，却早已盛开完毕并结下果实。

杜牧来到湖州，并没有得到他想要的“红泥小炉诗书画，红袖添香话桑麻”的美好生活，伤心地自然不愿意再久留。一年后，杜牧的官位再一次得到升迁，离开了湖州到长安上任。

在以后的几年里，完全对政治失去信心的杜牧，把山水情怀融入心中，不仅写下大量诗篇，更是把他的文章整理成册，并重修了祖上的樊川别墅，为自己取名叫樊川居士，闲暇之时经常在这里以文会友，过得倒也逍遥自在。

# 岳飞·八千里路云和月

## 满江红·写怀

岳飞

怒发冲冠，凭栏处、潇潇雨歇。
抬望眼，仰天长啸，壮怀激烈。
三十功名尘与土，八千里路云和月。
莫等闲、白了少年头，空悲切！
靖康耻，犹未雪。
臣子恨，何时灭！驾长车，踏破贺兰山缺。
壮志饥餐胡虏肉，笑谈渴饮匈奴血。
待从头、收拾旧山河，朝天阙。

望着这力拔山河，气势恢宏的词，你的眼前会呈现出一幅怎样凄凉而又壮丽的景色？那个气壮山河、身披铠甲的英雄， 内心充满怎样的愤慨与悲情？

站在高高的亭子上，凭栏望向远方，萧瑟的秋雨才刚刚停歇。抬眼望去，尘世茫茫，仰天长啸，气愤得好像帽子都被头发顶起来了。谁能明白我的一腔爱国之心和壮志难伸的情怀？三十年的戎马生涯，早已把功名利禄看作尘土，南征北战八千里，历经了多少风云变幻。不想做等闲的平庸之辈，不想等头发白了，空留悲伤。“靖康之变”带来的国耻大恨，到今天还没有雪耻。作为国家的臣子良民，内心的深仇大恨什么时候才能泯灭。我要驾着战车冲向贺兰山顶，把贺兰山踏为平地。壮志击破云天，沙场上笑谈生死，打仗饿了就以敌人的肉充饥，渴了就以敌人的血止渴。我出头之日，便是我重整旧日河山之时，定要把获胜的消息传到天子的耳边。

靖康之变，可以说是北宋王朝的耻辱，靖康二年四月，金军大举进攻宋朝，攻破东京，活捉了逃跑中的当朝皇帝宋钦宗和刚刚让位于他不久的父亲宋徽宗，并且还俘获了大量赵氏皇族、后宫妃嫔与贵卿、朝臣等三千余人，并把东京城中一切财物抢掠一空。

这首《满江红·写怀》是南宋抗金名将、中国历史上著名军事家、战略家、民族英雄、位列南宋中兴四将之一的岳飞的作品。那么站在高台上仰望远方的岳飞，到底遇到了什么样的事情，让他如此悲壮而又怒火中烧呢？

让时光倒回北宋年间，让我们掀开那血雨腥风的历史扉页。

## 题池州翠光寺

岳飞

爱此倚栏干，谁同寓目闲。

轻阴弄晴日，秀色隐空山。

岛树萧疏外，征帆杳霭间。

予虽江上老，心羡白云还。

这首《题池州翠光寺》，应该是岳飞的早期作品，因为从这首诗里，我们听不到金戈铁马的嘶战声，而是看到了风景的优美、生活的静好、心性的闲散。

我们先来浅析这首诗词的大致含义："倚在栏杆之上，望着自己喜爱的风景，谁可以与我共赏，远处淡淡的薄雾与近处的阳光交织融汇，美丽的景色就若隐若现在远山近水之中。小岛上绿树成荫围绕山郭，远处的帆船渐渐没入雾霭之中。我虽然想在这样的风景里居住一生，可心却还是羡慕鲲鹏自由飞翔在悠悠白云间。"

这首《题池州翠光寺》应当是岳飞少年时去翠光寺游玩或者陪家人上香时有感而发的一首诗。从这首诗里，我们可以看到潜藏在岳飞心中的鸿鹄之志，虽然他也对美好的风景、安逸的生活非常迷恋，但这样的生活却不是自己想要的，自己想要去战场上，一展雄才、保家卫国。

1103 年，岳飞出生在一个普通的农村家庭，据传在他出生的那日，一只巨大的鲲鹏鸟突然围着他们家的房子转了三圈，然后落在房梁之上。于是，岳飞的父母便为岳飞取名飞、字鹏举。岳飞的父亲岳和是个淳朴善良之人，母亲姚氏更是宽宏大度、为人正义而抱着一颗爱国之心的非凡女子，为了激励岳飞，她在岳飞的后背上亲手刺下"精忠报国"四个大字，要求岳飞对国家要尽忠心，要抱着一颗报答国家的感恩之心，虽然家庭的经济条件有限，但对岳飞却是极力培养。

也正是因为受父母的影响，让岳飞的性格沉稳厚重、开阔大气。小小岳飞不仅爱读《左氏春秋》、《孙吴兵法》，写得一手好字词，更是天生神力，十七八岁就能弯弓三百斤，开腰弩八石，被人们称为神力奇人。不仅如此，岳飞还十八般武艺样样精通，根据自己的灵感创造了世上独一无二的岳家枪法。

# 满江红·登黄鹤楼有感

岳飞

遥望中原，荒烟外，许多城郭。想当年、花遮柳护，凤楼龙阁。
万岁山前珠翠绕，蓬壶殿里笙歌作。到而今，铁骑满郊畿，风尘恶。
兵安在，膏锋锷。民安在，填沟壑。叹江山如故，千村寥落。
何日请缨提锐旅，一鞭直渡清河洛。却归来、再续汉阳游，骑黄鹤。

岳飞的这首《满江红·登黄鹤楼有感》，写的要早于他的那首《满江红·写怀》，这首词的大致含义是：

站在高楼之上瞭望中原大地，烟雾缭绕的荒野下，仿佛看到了许多城郭。回忆当年千娇百媚的鲜花遮挡住了我们的视线，绿意盎然的柳林掩护着城墙，琉璃砌成的楼阁的柱子上都是雕龙画凤。万岁山被翠竹环绕，蓬壶殿里朝歌夜舞，一派歌舞升平、繁华景象。而现在，胡军铁骑践踏着我们的土地，包围了我们的京城，战争让民众不得平安度日，风沙飞天，世情险恶。士兵们的鲜血染红了沙场和战刀，那些流离失所的百姓们在战乱中丧生，尸体填满了沟壑。我悲叹我大好的河山啊，现在变的田园荒芜、万户萧索。我什么时候能披上盔甲去战场杀敌报国，挥舞长鞭渡过长江大河，打败胡虏，收复中原？等我再次归来的时候，会重游黄鹤楼，站在高处仰望祖国大好河山。

这首《满江红·登黄鹤楼有感》先从昔日东京的繁华入笔，然后一个转笔，却让整个昔日的繁华变成今天的寥落和横尸遍野。整首诗词的境界丰满，含义深刻，以大起大落、对比强烈的写作手法，体现出岳飞意气激昂、感人肺腑的充沛情感。这首词对后世的影响非常深远。岳飞诗词的高远与他同一时代的宋朝诗人李刚一样，都承接了苏轼的豪放之风，并高高扬起了抗战时代主旋律，壮怀激烈、正气恢宏，为以后以辛弃疾为代表的爱国主义词人的崛起开了先河。

岳飞写下这首词之后不久，河北招募武艺高强的“敢战士”，什么是“敢战士”？用最通俗的话说，“敢战士”就相当于我们现在与犯罪分子进行搏斗的特警战士。时年刚刚二十岁的岳飞报名参军，凭着自己高超的武艺成了一个“敢战士”队的分队长。岳父带着他的小分队，把自己平日里所学兵法与实际相结合，以伏兵之计生擒了宋朝六大奸臣之一的童贯，还有另一卖国奸臣蔡攸，两个奸臣被捕，大快人心。

## 赴宴戏秦桧

岳飞

自幼从军未学诗，今朝赴宴强为之。
削发搓缰系战马，折衣抽线补征旗。
江南美酒君须记，北国风霜我独知。
百万金兵临城下，再请诸公去赋诗。

“我很小的时候就参了军，从来没有学过诗，今天赴宴我就勉强作一首吧。把头发削下来搓成缰绳系在战马的脖子上，抽下衣服上的线来补征战的旗帜。你一定牢牢记住了江南美酒的味道，而北国的风霜唯独我知道。当百万大军兵临城下的时候，我再请诸位公侯大臣去吟诗作赋。”

这首词作于岳飞去赴秦桧设的家宴上，在宴席上秦桧提出来让每人一首诗或词，其实秦桧是不怀好意的，他想当众让岳飞出丑。秦桧内心是瞧不起岳飞的，他想作为一介武夫的岳飞一定不会作诗。然而轮到岳飞的时候，岳飞连思考都没有思考一下，站起来提笔写出了这首《赴宴戏秦桧》的诗词，用辛辣、直白的写作手法，直接给秦桧以还击。这首词可以说岳飞用了不加修辞的写作手法，直接抨击和讽刺了以秦桧为代表的投降派们不顾民间疾苦，在都城东京汴梁花天酒地、不思朝政、堕落腐朽的生活作风。

众人读着岳飞的诗，再看那纸上如苏轼在世一般的“苏体字”，一个个打心底叹服，原来这岳飞真的是文武双全，不可小觑。也让秦桧等保守派们知道，与岳飞明斗肯定不行，那就只好暗中加害了。是的，那时的岳飞已经功可盖世，不仅收复了金兵侵占的许多国土，官居将相，掌握着国家的重要兵权，岳家军更是被民间百姓津津乐道。

## 小重山

岳飞

昨夜寒蛩不住鸣。惊回千里梦，已三更。
起来独自绕阶行。人悄悄，帘外月胧明。
白首为功名。旧山松竹老，阻归程。
欲将心事付瑶琴。知音少，弦断有谁听。

在岳飞所有的诗词中，这首《小重山》是最为忧伤、无奈的一首，再没有了往日诗词中的意气风发、空旷悠远与气势磅礴。这首词上半阕的大致含义：“昨夜我听到秋虫在寒风中不住地哀鸣，梦里我又回到了千里之外的故乡，猛然醒来，却已是三更时分。再也无法入眠，干脆起床，绕着台阶踽踽独行。周围的一切是那么寂静，几缕月光透过帘栊照进了房间。”下半阕：“为保卫国家，为把名字留在青史，人还未老头发却已花白。家乡的山上松竹苍老，枝叶盘桓，阻断了我的归程。用瑶琴弹一曲相思曲，想把心事付于其中。可这世间却是高山流水难觅知音，即便把弦弹断，又有谁能听得懂？”

从这首《小重山》中，我们看到了岳飞泪流满面的样子，听到了他对天长叹的声音。那么是什么让岳飞如此地失望、绝望而又悲愤的呢？

这首词一入笔便先交代了时间背景，深秋的夜晚，对寒冷无法抵抗的秋虫的哀鸣声，此时的岳飞，是深深明白秋虫的心事的，这心事何尝不是自己此刻的处境与心事呢？对明天、对未来充满未知与迷茫。而下半阕以景入情，抒发自己怀才不遇、报国无门的忧伤情怀。

是的，此时的岳飞内心是迷茫的、是无措的，也是愤慨的。本来他在战场上打得非常顺利，完全有收复失地的可能，可求和派们却说服了朝廷，结果朝廷连给他下了十二道金牌，每道金牌都是要求他停止战争，岳飞眼望着大好的抗金复国形势就要付诸东流，却又无可奈何，便有感而发写下这首《小重山》，来抒发自己内心的情感。

一代英雄豪杰，终是没有躲过秦桧等人背后的暗箭中伤，以莫须有的“谋反”罪名被捕入狱，1142 年 1 月，时年只有三十九岁的岳飞，写下他人生旅途的最后一首词，也就是本文最开始的《满江红·写怀》，与长子岳云和部将张宪同时被杀害。一代爱国英雄、一代抗金英雄，没有死在战场上，却死在了小人的陷害之中。

# 辛弃疾·不尽长江滚滚流

## 南乡子·登京口北固亭有怀

辛弃疾

何处望神州？满眼风光北固楼。
千古兴亡多少事？悠悠。不尽长江滚滚流。
年少万兜鍪，坐断东南战未休。
天下英雄谁敌手？曹刘。生子当如孙仲谋。

在什么地方才可以望到神州大地？站在北固楼上，落入眼底的全是美好的风光。从古到今，不知道有多少王朝兴起，又有多少王朝没落？岁月匆匆，往事悠悠，如同这滚滚长江水奔流不息没有尽头。少年孙权头戴铁盔，做了三军的将领。攻占不下失去的土地绝不罢休，从来没有向敌人低头和屈服过。放眼天下的英雄谁是孙权的敌手呢？只有曹操和刘备。生子当如孙权啊！

读着这首《南乡子·登京口北固亭有怀》，眼前便呈现出一个远离祖国、心怀爱国情怀的伟大爱国诗人，他站在高高的亭子上，眺望着远方。他眉宇间带着刚毅，风把他的衣角吹起。是的，此人就是南宋豪放派词人、爱国将领，有“词中之龙”之称的辛弃疾。

公元 1140 年，辛弃疾出生在被金国抢占的大宋王朝的北方，那时他的祖父在金国为官，但祖父却常常思念自己的祖国，并时常带着辛弃疾登高望远用激情澎湃的词吟咏先人，吟咏自己的爱国情怀，报效国家的愿望。这些对辛弃疾的影响都非常大，让辛弃疾始终把洗雪国耻、收复失地作为自己的毕生事业。在他二十二岁那年便组织起了两千多民众抵抗金兵的起义，后来辛弃疾带领着自己两千多人的队伍投奔山东最大的抗金义军耿京。因为辛弃疾文采的出众胜过在军队中那些舞刀弄枪之人，所以耿京并没有注重辛弃疾的武功，而是让他在军营里当了一个文官。

此时发生的一件事情改变了耿京对辛弃疾的看法，被辛弃疾带进军营的花和尚义端因为吃不了行军打仗的苦，偷了耿京的帅印准备投降金军。耿京便把所有罪过都责怪到辛弃疾的身上。辛弃疾为了证明自己的清白，便让耿京限自己三日时间把帅印收回。辛弃疾巧算义端所走之路，自己带兵抄近路追赶上了义端，怒斩义端，夺回帅印。从此，让耿京对辛弃疾刮目相看，并极力在朝廷上举荐辛弃疾。

其实来到南宋的辛弃疾，虽然满怀报国之心，在耿京的推荐下也受到南宋皇帝的器重，可因为自己性格豪爽、胸怀耿直以及身份特殊，这里所谓身份的特殊是指辛弃疾由北宋来到南宋，并且自己的祖父还曾做过金国的官员，所以南宋人把当时像辛弃疾这样来到南宋的人，都叫作“归正人”。这样的身份，自然就处处受朝廷里那些权臣们的刁难和怀疑。在那个皇帝昏庸、奸臣当道的时代，辛弃疾虽然胸怀大志，即使文韬武略样样过人，也没有找到用武之地。

# 贺新郎·同父见和再用韵答之

辛弃疾

老大那堪说。似而今、元龙臭味，孟公瓜葛。

我病君来高歌饮，惊散楼头飞雪。笑富贵千钧如发。

硬语盘空谁来听？记当时、只有西窗月。重进酒，换鸣瑟。

事无两样人心别。问渠侬：神州毕竟，几番离合？

汗血盐车无人顾，千里空收骏骨。正目断关河路绝。

我最怜君中宵舞，道“男儿到死心如铁”。看试手，补天裂。

辛弃疾的这首《贺新郎·同父见和再用韵答之》，是他与南宋爱国词人陈亮在铅山紫溪相聚时所写的作品。辛弃疾与陈亮相会时，正是一年最寒冷的季节，大雪漫天飞舞，流水凝固，山脉洁白，小桥上挂着冰凌。而久病不愈的辛弃疾心情郁闷，站在瓢泉别墅扶栏远眺，只见远处一个红色小点向自己这边奔跑而来，那红色小点距离自己越来越近，在白茫茫的大地上，这红色如一团火焰一般点燃了辛弃疾忧伤的心情，顷刻之间，辛弃疾感觉自己大病全无，自己迎着那团火焰下楼策马奔跑而去。因为那红色马匹上坐的不是别人，正是自己等待的挚友陈亮。

好友重逢百感交集，在这里为什么要说是好友重逢呢？因为之前辛弃疾、陈亮、朱熹、吕祖谦、陆九龄、陆九渊等在鹅湖寺举办了中国哲学史上著名的“鹅湖之会”。第二次相会本来是辛弃疾、陈亮和朱熹共同相约再次相会的，但那时辛弃疾与朱熹的政治观点起了冲突，朱熹当时的权位比辛弃疾高，朱熹一怒上书罢了辛弃疾的官职断了辛弃疾的财路，所以三人之约朱熹自然就放弃了，辛弃疾只等来了陈亮一人。

其实辛弃疾心胸的开阔是世人所无法比拟的，虽然从此朱熹与辛弃疾成为陌路，但当后来辛弃疾听说朱熹去世的消息后，为了表达自己对朱熹的尊敬，违背朝廷发下不准祭奠朱熹的禁令，公然前往哭祭，并执笔泼墨写出一句流传千古的悼词——“所不朽者，垂万世名，孰谓公死？凛凛犹生！”从这样的句子里，我们看不到个人恩怨，看到的只是英雄相惜的情怀。

辛弃疾与陈亮都胸怀报国之志，又都是官场失意之人，谈到国家，谈到国事，辛弃疾百感交集，奋笔疾书写出了这首《贺新郎·同父见和再用韵答之》。

此词体现出了辛弃疾性格里的豪迈与思想里的高风亮节以及对国家未来的担心与担忧，这里的“老大”，其实是暗喻江山和朝廷里那些奸臣，因为一味地不战，而让江山一点点被金兵吞噬。

## 摸鱼儿·更能消几番风雨

辛弃疾

淳熙己亥，自湖北漕移湖南，同官王正之置酒小山亭，为赋。

更能消、几番风雨，匆匆春又归去。

惜春长怕花开早，何况落红无数。

春且住，见说道、天涯芳草无归路。怨春不语。

算只有殷勤，画檐蛛网，尽日惹飞絮。

长门事，准拟佳期又误。蛾眉曾有人妒。

千金纵买相如赋，脉脉此情谁诉？

君莫舞，君不见、玉环飞燕皆尘土！闲愁最苦！

休去倚危栏，斜阳正在，烟柳断肠处。

辛弃疾是豪放派诗人的代表，与苏轼合称为“苏辛”，但他的这首《摸鱼儿·更能消几番风雨》却是多了缠绵悱恻与忧伤落寞，从词意的表面意思看写的全是闺房春怨，但实际却是在暗喻自己处处为难与郁郁不得志的现实处境。

这首词的上阕写春天执意离去时的景色：“时光匆匆，又一个春天要离去了，几场风雨之后，百花也都凋零而落。珍惜春天，常常怕花开得太早，更何况这满地的花瓣随风飘零。春天，你停住要离开的脚步吧，听说天涯海角都没有你的归处。心怀忧伤的春天并没有理会我的挽留，悄然离去。而我的眼底只看到蛛网上落满飞絮。”下阕以景入情，引经据典，让故事清楚明朗：“长门之约，你又误了相会的佳期，长长的蛾眉曾经遭到多少人的嫉妒。纵然用千两黄金买来司马相如的赋，可这人间脉脉深情又能向谁诉说？奉劝你们不要得意忘形，难道你们没看见杨玉环与赵飞燕红极一时也都化作了尘土。闲愁最折磨人了，不要去凭栏远眺，一轮斜阳就要沉沦在令人断肠的烟柳迷茫之中了。”

这里的“长门”指的是汉武帝的皇后陈阿娇被打入冷宫，为了挽回汉武帝的爱情，阿娇用重金请来当时的大才子司马相如写下长达一千多字流传后世的《长门赋》的故事。

辛弃疾的这首《摸鱼儿·更能消几番风雨》写于他来到南宋的第十七个年头，在这十七年里，他的仕途极为坎坷和不顺，文武双全的他报国无门，爱国情怀除了在自己的诗里得以诠释，只能眼巴巴地望着江山一日日沦陷。

他报国无门本就郁闷至极，更因为主战派的陷害曾经在四年内被流放六次，他抗击金军、收复国土的梦想一次次被打压和击碎，所以在这个春天将尽、夏天将来的日子里，望着眼前的景色，从美人遭妒的故事想到自己怀才不遇的忧伤与悲愤。千里江山，英雄却找不到自己的用武之地，空有策略和计谋却没有人采用的境遇。

## 青玉案·元夕

辛弃疾

东风夜放花千树，更吹落，星如雨。
宝马雕车香满路。凤箫声动，玉壶光转，一夜鱼龙舞。
蛾儿雪柳黄金缕，笑语盈盈暗香去。
众里寻他千百度，蓦然回首，那人却在，灯火阑珊处。

“众里寻他千百度，蓦然回首，那人却在，灯火阑珊处。”落在眼里，这将是怎样的美？这样的美，成为爱情初遇时让人怦然心动的句子，成为历代情窦初开的少男少女们用青春吟咏的歌词，有多少人用一生的时间来演绎和诠释这首词的美好。说到爱情，是时候把走进辛弃疾生命里的女子请出来了。

作为一个有着文韬武略样样精通的人，史书上对辛弃疾的相貌有着这样的一段文字描写：“肤硕体胖，目光有棱，红颊青眼，壮健如虎。”也就是说辛弃疾是一个相貌威武、高大健硕之人，这样的体格与出众的相貌，也为他身边美女如云奠定了基础。

辛弃疾的妻子范氏是范邦彦之女，范邦彦和辛弃疾同样是一位爱国人士抗金英雄，官至太学。所以从小出生在官宦人家书香门第的范氏，不仅相貌出众，更是端庄儒雅，文才出众。

范氏与辛弃疾同岁，并且他们同在北宋出生，再加上家庭背景的相同，志趣的相合，所以这亲事一提，便促成两人美好的姻缘。来到南宋后，因为辛弃疾为人豪爽、文采出众，他的身边总不缺乏朋友的陪伴。辛弃疾有了朋友，所以经常同朋友把酒言欢，范氏本就大家闺秀出身，总是怕自己话重了会伤到辛弃疾，但内心却又时时担心着辛弃疾身体健康状况，范氏便想出了一个办法，只要辛弃疾去饮酒，她都会在糊窗户的纸上写满了字，字字句句都是对辛弃疾身体的担心与规劝，更是充满对辛弃疾的爱意。

辛弃疾本就是性情中人，怎么能不明白妻子的一片好心，所以对范氏的爱意越发浓烈。在他五十岁生日的时候，写了一首《浣溪沙·寿内子》，来形容他们夫妻之间的恩爱以及和儿女之间的天伦之乐：

寿酒同斟喜有余。朱颜却对白髭须。两人百岁恰乘除。

婚嫁剩添儿女拜，平安频拆外家书。年年堂上寿星图。

“我们共同把庆寿的酒斟满，岁月真是不饶人啊，转眼我们都已是两鬓霜白，年龄加起来正好一百岁。已经成家立业的儿女纷纷在堂下给我们跪拜，在外没有回来的儿女更是把问候平安的家书寄来，年年堂上都挂着一个大大的寿星图。”

这诗里，蕴含着无限的亲情，似看到夫妻恩爱，儿孙共欢的场景。范氏与辛弃疾不离不弃，恩爱一直到白头。

辛弃疾一生不仅有妻子范氏的陪伴，还有众多的美妾围绕在他的身边。辛弃疾爱江山，也爱美人，他想为自己的国家出一份力量，他也想伴自己心爱的女人一生一世。辛弃疾把自己的家园建在风景优美的山水之间，为自己建造的庄园取名为“稼轩”，并以此自号“稼轩居士”。一块田，一片园，耕耘着自己逍遥而又自在的日子。

# 文天祥·人生自古谁无死

## 过零丁洋

文天祥

辛苦遭逢起一经，干戈寥落四周星。
山河破碎风飘絮，身世浮沉雨打萍。
惶恐滩头说惶恐，零丁洋里叹零丁。
人生自古谁无死，留取丹心照汗青。

“早年因为科举入仕历尽千辛万苦，转眼已经停战四年之久。山河破碎如这狂风中乱舞的飞絮，而我自己却如浮萍一般飘零流离。想起惶恐滩的惨败让我至今依然惶恐，零丁洋身陷元虏可叹我孤苦伶仃。人生自古有谁能够长生不死？我要让自己的一片爱国丹心永远留在史册，照亮那些爱国人士的前路。”这首《过零丁洋》把一个爱国诗人一生的辛酸经历、满目的疮痍、坚定的爱国信念都融入到了诗行之中。

一个人经历了怎么样的事情，才会写出如此悲叹而又大义凛然、坚贞而又忠烈的诗？而今这首诗已成为千古名句，连同文天祥这个名字一起根植入了每一个有着爱国情怀之人的心里。

文天祥，宋末政治家、文学家、爱国诗人、抗元名臣，字宋瑞。公元

1256 年，只有二十岁的文天祥参加京试，写了一篇洋洋洒洒一万多字的策变，文章内容开阔大气，忠心肝胆，当朝皇帝宋理宗读来爱不释手，赞扬不已，并钦点文天祥为头名状元。满怀远大抱负的文天祥本以为自己从此可以实现自己的理想来报效国家了，可正应了那句“理想很丰满，现实很骨感”，刚刚步入仕途的文天祥历经种种磨难，才知道自己与那些投降派、保守派们的立场与观点格格不入，而自己的耿直的性格让自己无法觉察他们的陷害。

文天祥曾是贾似道的得意门生，这直接决定着文天祥的仕途。但是当贾似道站到主和方，并以生病为由不上朝要挟皇帝的时候，文天祥毫不犹豫地写文讽刺贾似道。当前线战火正浓，而宦官董宋臣却要求皇帝迁都，全朝文武因为害怕董宋臣的手段都敢怒不敢言的时候，文天祥依然毫不犹豫地写檄文要求朝廷把董宋臣斩了，以激励前线战士。文天祥的不配合让贾似道极为生气，而后贾似道找了个理由把文天祥从朝廷中赶了出来。无奈的文天祥只好以身体有病为由，辞去官职回到家乡，时年只有三十七岁。那么，后来文天祥又是怎样再一次被朝廷重用的呢？怎样成为大宋丞相的呢？

## 古心江先生以旧弼出镇长沙癸酉十月乙亥是为

文天祥

炎图启丕运，皇路熙以平。

蜿蟺发令姿，有美洵一人。

鸿藻舒朝华，大音锵韶钧。

黼黻丽三阶，火龙昭纨纮。

桓圭殿南服，熊旂被金城。
瞻彼鹑为火，翼轸宣其精。
祥鸾舞瑶席，鸣凤翔娲笙。
孟冬兆阳气，西北无浮云。
驾言酌春酒，可以写我情。
扬旍下祝融，躧履朝泰清。
嘉猷扇九垓，还以邃古淳。
君子保金石，所以永国成。
纯嘏锡千岁，绵绵赞休明。

文天祥的这首《古心江先生以旧弼出镇长沙癸酉十月乙亥是为》是写给自己的恩师江万里七十大寿的祝寿诗，这首诗词写的开阔而又大气，在此诗中除了祝福自己的恩师江万里外，更是向他明确表达了自己的远大理想与目标，作为炎黄子孙，从来不抱怨自己坎坷的命运，君子的心就是一颗坚硬的宝石，只有这样才能永远保卫自己的国家。江万里读了文天祥的这首诗后，深有感触，从内心深信自己没有推荐错人。

江万里一生经历两朝，几度沉浮，在中国科举时代共培养出十七位状元，两千七百多名进士。公元 1275 年 2 月，饶州被元军攻破，江万里从容坐守以为民望，当元军将要攻占他府邸的时候，江万里执门人陈书器手与之诀别，流着泪说：“大势不可支，二虽不在位，当与国家共存亡。”言毕，偕子江镐、家人及左右一百八十余人相继从容投水殉国。

江万里对文天祥的文学才气、气节和远大抱负都非常了解，当文天祥被迫辞官回家后，江万里亲自去拜访文天祥，与文天祥促膝长谈，他被文天祥的爱国情怀所感动，并神色忧伤地说：“我老了，观察天时人事应当有变化，我看到的人很多，能够担任治理国家的责任的，不就是在你吗？望你努力。”也正是江万里的话深深触动了文天祥的内心，让他感觉到了肩上的责任。而后，辛弃疾在江万里的极力推荐下重回官场，并一步步做到了朝中重臣，官至当朝宰相、带兵元帅，不仅苦战东南，还冒险出使元营。

## 正气歌（节选）

文天祥

天地有正气，杂然赋流形。下则为河岳，上则为日星。
于人曰浩然，沛乎塞苍冥。皇路当清夷，含和吐明庭。
时穷节乃见，一一垂丹青。在齐太史简，在晋董狐笔。
在秦张良椎，在汉苏武节。为严将军头，为嵇侍中血。
为张睢阳齿，为颜常山舌。或为辽东帽，清操厉冰雪。
或为出师表，鬼神泣壮烈。或为渡江楫，慷慨吞胡羯。

文天祥的这首《正气歌》与他的《过零丁洋》都写于他被捕入狱之后。这两首诗同为千古绝唱，他的这首《正气歌》一入笔，便是波澜壮阔、大气凛然，好像看到了英雄目光里的坚毅与威武，这样的坚毅与威武是永远不能被玷污与屈服的。

我们从中可以看到文天祥的生存状况并不乐观，那么文天祥怎么会被元军关押起来呢？

公元 1276 年，华夏大地刀兵四起，大宋王朝那些一味求和的奸臣们，并没有因为自己的软弱、无能和自欺欺人而换来自己想要的荣华富贵与太平，当战争全面爆发后，他们想到的不是如何来救自己的国家，而是如何逃跑。一代爱国将领文天祥，望着祖国的大好河山一点点被元军侵占，内心痛得在流血。他不甘屈服，带领那些有血有肉有志气的将领和士兵们奋勇抗敌，他以及将领用尽了智慧与勇气，最终寡不敌众，于1278年12月被元军活捉。

在被押解去往元朝京师的路上，文天祥曾经几次自杀，都没有成功。无论元军怎么威逼利诱，文天祥始终不屈服，也不会帮元军劝其他将领投降，让元军将领从内心对他敬佩不已。当押解他的队伍进入江西时，他开始绝食，不再吃官兵送给他的任何粮食，他希望船到自己故乡吉安时，自己能像为不食周粟的伯夷、叔齐一样饿死守节。但在饿了八天八夜后，船过了家乡吉安，文天祥竟然奇迹般地没有死。押解他的人从鼻子里给奄奄一息的文天祥灌食，硬是从死亡线上把他拉了回来。再一次醒来的文天祥不再寻求自杀，他希望能够有机会逃脱，即使死也不能在荒山野岭中，而要在世人关注下悲壮地殉节，他要以自己的死来唤醒世人的麻木和爱国之心。

## 得儿女消息

文天祥

故国斜阳草自春，争元作相总成尘。
孔明已负金刀志，元亮犹怜典午身。
肮脏到头方是汉，娉婷更欲向何人。
痴儿莫问今生计，还种来生未了因。

这首《得儿女消息》含义深刻，单从字面意思解释，便让人有一种欲哭无泪的痛在内心流淌开来："斜阳照在故国的土地上，春天究竟是来了还是没有来，只有小草知道，这世间总有人为争做将相而不惜手段，却不知道到头来一切都归于尘埃。诸葛亮已不再为刘备出谋划策，陶渊明还在怜惜着司马昭的离世，情愿永远做晋朝人，也不做'刘宋'的官。自始至终、坚持信念、不屈不挠、刚正不阿的人才是真正的男子汉，姿态美好、相貌出众的女子是不会轻易嫁人的。傻孩子，你就不要再问我今后有何打算，等来生，我一定还要做我们现在没有做完的事情。"

文天祥的这首《得儿女消息》到目前为止前人能真正明白他字面意思的少之又少，这首诗实在是让人动心、动容，又忧伤、悲哀，但在这忧伤悲哀的背后，却又蕴含着诗人巨大的爱国心与舍小家顾大家的正义凛然。任谁读到这样的句子，哪怕心是石头做的，怕这石头也要流出眼泪来了。

这首《得儿女消息》写于文天祥的女儿到监狱来看望父亲文天祥，那时的文天祥已经被关三年之久，受尽了折磨。文天祥与妻子欧阳夫人本有两子、五女，可因为战争，两个儿子和三个女儿相继失踪、战死，唯一剩下的两个女儿也和妻子一起被送进元朝的宫殿里做最下等的丫头。这次文天祥的女儿所以能来看望文天祥，也是元朝的统治者们故意安排的，他们想通过亲情让文天祥能投降。

文天祥突然在苦难中见到自己的女儿，内心悲喜交加、挣扎无比，这些儿女情长与家国天下相比，文天祥毅然选择了后者，最终写下《得儿女消息》，送女儿一个人上路，自己选择了一条不归路。

# 扬子江

文天祥

几日随风北海游，回从扬子大江头。

臣心一片磁针石，不指南方不肯休。

文天祥的这首《扬子江》与他的《正气歌》《过零丁洋》被后人并称为三首浩然正气的千古绝诗。

一个人要想有一颗高洁的灵魂，离不开三样东西的支持，那就是“精、气、神”，如果说《过零丁洋》是文天祥的伟大精神的体现，《正气歌》是他正义的体现，那么这首《扬子江》就是他的神，一种灵魂的种子，培育高洁灵魂的种子。

文天祥的气节、正义一直让忽必烈极为佩服，他从内心不愿意杀掉文天祥，但三年多的时间里，忽必烈用尽各种办法劝降文天祥无果。最终，他失去了耐性，终于在 1283 年 1 月 9 日，将文天祥杀害。一代明相、爱国英雄，就这样结束了自己悲苦、壮烈的一生。

忽必烈虽然杀了文天祥，但内心仍然对他敬佩至极，并允许他的妻子欧阳夫人去收尸，欧阳夫人从文天祥的衣服里找出了一篇赞文：“孔子说成仁，孟子说取义，只有忠义至尽，仁也就做到了。读圣贤的书，所学习的是什么呢？自今以后，可算是问心无愧了。”

# 于谦·要留清白在人间

## 石灰吟

于谦

千锤万凿出深山，烈火焚烧若等闲。

粉骨碎身浑不怕，要留清白在人间。

每当读到《石灰吟》这首诗词，眼前总是会呈现出这样一幅场景，悠远的天空被蓝色洗染，那些白云是在洗染的过程中冒出的白色泡泡，一切美好都透明干净到让人心生感动。

《石灰吟》是在我很小的时候就会背诵并烂记于心的一首诗，等慢慢长大，我越发迫切地想了解他的人生故事，他到底经历了怎样的人生磨难、怎样的烈火战争，才写出《石灰吟》这千古绝唱。

于谦，字廷益，号节庵，明朝名臣、民族英雄。于谦的天赋极高，他七岁的时候，正在家门前玩耍，看到一个老和尚手拿钵盂化缘，别的小孩都没有理会这老和尚，而于谦跑回家拿来家里的饭菜送给老和尚吃。那和尚是一位得道高僧，他望着于谦，对于谦的家人说："这是将来拯救时局的宰相。"他八岁那年，穿着红衣、骑着黑马玩耍的时候，路过的邻居看他样貌可爱，便笑着对于谦道："红孩儿，骑黑马游街。"于谦张口就应声而答："赤帝子，斩白蛇当道。"这下联不仅对仗工整，而且还显露出他非同寻常的气势。

公元 1421 年，二十三岁的于谦考中进士，从此开启了他的仕途。之后他在官场里浮浮沉沉几十年，用自己的正义、耿直、智谋与勇气和当朝权贵、奸臣贼子们做着你死我活的斗争。

于谦第一次为国建功立业是他入官场第四年，公元 1426 年，这一年汉王朱高煦造反，宣宗朱瞻基亲征讨伐，于谦被任命为御史随宣宗远征。朱高煦被活捉，宣宗让于谦诉说朱高煦的罪状时，于谦侃然正色，历数朱高煦多种罪恶，吓得朱高煦瑟瑟发抖，除了说自己罪该万死，再也没有辩驳之力。

## 入京

于谦

绢帕蘑菇及线香，本资民用反为殃。
清风两袖朝天去，免得闾阎话短长。

这首《入京》是于谦与一位太监的对诗，诗词的大致意思是：丝娟、手帕、蘑菇还有针线香料，本来是百姓用的，结果这些东西却被贪官污吏们抢夺来，让百姓们遭了殃。而我只带两袖清风去拜见天子，给百姓减少负担，免除百姓的不满。

这首诗作于于谦六十周岁生日之时，那时的于谦手握重权，他不改初心，心里除了国家与天下的太平，从来不多拿百姓的一分一毫，更是不收官员任何的礼物。他六十岁生日那天，相府门外给他送礼的人排成了长队，于谦都拒之门外一个不见。此时代宗皇帝因为于谦忠心报国、战功卓著，也派一个太监来到相府，想送一只玉猫金座钟给于谦。于谦竟然也是选择不见。那太监心里极为不愉快，感觉于谦是一个不通情理之人，便写了一首诗送给管家，要管家交给于谦，太监在纸条上这样写道："劳苦功高德望重，日夜辛劳劲不松。今日皇上把礼送，拒礼门外情不通。"当管家把太监的这首诗送到于谦手中时，于谦笑着在字条下写了这首《入京》，然后让管家把字条又送给了太监。那太监望着这首诗词，内心对于谦更加敬佩，拿着字条回去复命了。

公元1430年，在地方做官的于谦因为政绩卓越，被破例提拔为兵部右侍郎，巡抚河南、山西。于谦立刻拿出一系列的整改意见，当百姓因为灾害而没有粮食吃的时候，他就制订了一套开仓放粮的办法，把粮食先免费送给百姓吃，让百姓免了挨饿、受冻之苦。当第二年有百姓还不起的时候，于谦不准当地官员逼债。当江西因为水利不能疏通，有些地方积水成灾，有些地方却又因为没有水喝而饥渴无比的时候，于谦便和当地百姓一起疏通水利，筑建各种水坝，并设亭长，一级一级督率修缮堤坝。又让百姓们在堤坝两岸种下树木，结果让本来风沙漫天的江西，变得榆柳夹道，风景优美，百姓们也不再受渴，并旱涝保收。

朝廷对于谦非常信任，他的奏折往往早上提交上去，晚上就能批奏下来，而那些因为看到于谦功高而嫉妒他的人便开始设计陷害于谦，联名上表说于谦居功自傲等，无理由地给于谦加了许多罪名。结果受到蒙蔽的皇帝便把于谦打入大牢，只等秋后问斩。当这个消息传到河南、江西的时候，河南、江西的百姓都自发地来到京城，联名上书，皇帝看着几万人为于谦请愿，内心对于谦越发地看重。而故意诬陷于谦的奸臣王振，在右都御史陈镒和其他刚正不阿的大臣们的弹劾下，得到了他应有的下场，王振因为触犯众怒被打死在朝堂上。

## 岳忠武王祠

于谦

匹马南来渡浙河，汴城宫阙远嵯峨。
中兴诸将谁降敌，负国奸臣主议和。
黄叶古祠寒雨积，清山荒冢白云多。
如何一别朱仙镇，不见将军奏凯歌。

从这首《岳忠武王祠》中不难看出于谦内心的苦痛与纠结：“自从南宋建都杭州以后就把东京汴梁巍峨的宫阙全部舍弃掉了。有那么多位极人臣的大臣，可又有几个能去战场杀敌呢？反倒是奸臣当道，毁灭了大宋的未来。寒雨中，黄叶与积水落满岳王祠，青山野坟上只看到白云皑皑。为什么朱仙镇大捷之后，岳家军就再没能打胜仗、高奏凯歌了呢？”

于谦写这首《岳忠武王祠》的时候，内心悲凉而又无奈，他写这首诗具有深刻的含义，当时岳飞率领张宪、徐庆、李山、傅选、寇成等大将在朱仙镇一带打死金军一千多人，获得战马几百匹，就在岳飞准备乘胜追击的时候，朝廷连下十二道金牌，道道金牌都是索命的令符，接着南宋迁都杭州，而宋王朝也越发地摇摇欲坠。

此时的明朝也正经历着与南宋迁都时同样的命运。明英宗执政的时候，王振的权力正盛，恰逢也先大举进犯，明英宗受王振怂恿，不顾群臣劝谏，亲自率领大军出征，结果在第二年的时候，英宗就被也先人活捉。此时，有人把明朝的失败归结为命运，请星相师看天相，说明朝只有迁都才能避免灾难，结果满朝文武没有一个人想出反对迁都的理由。当时朝廷动荡，军力薄弱，迁都这种劳民伤财的事情让明朝的统治危在旦夕。于谦深知其中利害，第一个从朝堂上站了出来，他不仅反对迁都，并且还详细规划出来了防卫京师的办法和措施。于谦的提议说进了众大臣们的心里，他们纷纷赞同，终于让明朝免了迁都之苦。国不能一日无君，在于谦和众臣的拥护下立英宗的弟弟朱祁钰为皇帝，让明朝的重新步入了正轨。

代宗朱祁钰对于谦更加器重，在于谦正确策略的指引下，入侵者节节败退，最后终于撤军，并表示要送还太上皇明英宗。可明代宗却不同意，因为英宗回来，定会对他的帝位造成威胁。于谦便晓之以理、动之以情，让代宗同意把英宗接回来。可谓英宗能返回中原，于谦功不可没，可于谦却不知道，英宗的回来，却有着更大的灾难在等待着自己。

## 咏煤炭

于谦

凿开混沌得乌金，蓄藏阳和意最深。

爝火燃回春浩浩，洪炉照破夜沉沉。

鼎彝元赖生成力，铁石犹存死后心。

但愿苍生俱饱暖，不辞辛苦出山林。

挖开泥土得到的黑金是煤炭，煤炭蕴藏的温暖气息最为深沉。煤炭带来的温暖好像把春天带回了人间。巨大的炉子里发出的火光照亮夜色的深沉。食器和酒器也是依赖于火种的力量生成的，铁石即使死了也还有灵魂存活人间。为了让天下苍生吃饱穿暖，不怕千辛万苦让自己走出山林。

文字也可以是一个人高尚情操的体现。于谦的这首《咏煤炭》是一篇咏物言志的作品，从这首诗词里，我们看到了于谦一心报效国家的忠贞情怀。尤其是这首诗词的后半阕，诗意直击读者的灵魂，让人们从诗里看到了一位不畏权贵、不畏淫威，一心为国、为民的伟大英雄的形象。

1457 年，英宗在一帮旧臣的辅佐下再一次登上了皇帝的宝座，他一登基，怎肯放过功可盖主的于谦，何况于谦是辅佐自己弟弟上位的重要人物，英宗怎么能容他在朝堂上指手画脚，他忘记了是谁打败了入侵的敌寇，是谁把他迎进京都，才让他有机会再一次当上皇帝。很快于谦就被逮捕入狱，以谋反罪被判处死刑。按谋反，应该斩九族，英宗毕竟感觉这罪给于谦定得实在勉强，当那些平日里对于谦恨之入骨，强烈要求英宗给予于谦灭门之灾的时候，英宗拒绝了，并说了一句："谦实有功。"

当那些官兵去于谦家里抄家的时候，才知道，这是一项非常简单的事情，因为于谦家虽然不能用家徒四壁来形容，但除了日常必用的东西却再搜不出别的财物。打开那间紧锁的正屋，那些人本以为里面是数不清的宝藏，谁知却也是大失所望，除了皇帝为了表彰他的功勋亲自送给他的一件蟒袍外，就是一些兵器和刀剑。

于谦被斩首的那天，天空中阴云密布，大雨滂沱，那些被他气节深深感动的人，不畏权威，集体聚到一起送于谦上路，而这场大雨，更是让那些当权者和百姓们明白，于谦是冤枉的。有一个与于谦作对的太监曹吉祥的部下，被于谦的大义凛然深深地感动，把酒泼在于谦死的地方，俯地恸哭。曹吉祥恼羞成怒，命人用鞭子抽打他，可到了第二天，他还是照样在刑场上洒酒祭奠。

英雄总是住在人们心间的，即使他死了，可他的精神、他的气节、他的灵魂与形象都会永远留在人们的心中，给予后人力量和精神上的支持，让后人对自己的信仰更加坚定与执着。

# 戚继光·洒向千峰秋叶丹

## 望阙台

戚继光

十年驱驰海色寒，孤臣于此望宸銮。
繁霜尽是心头血，洒向千峰秋叶丹。

用这首优美、开阔、大气、空悠的《望阙台》开启故事的幕布，你伟岸、生动而又英俊潇洒的形象，便在眼前清晰起来。你站在远处，矗立在风中，遥望着阙台，风在记忆的长河里，把往事掀起了巨涛骇浪，在心头沉沉浮浮了起来。

是的，从《望阙台》里走出来的英雄人物就是明朝抗倭名将、杰出的军事家、发明家、书法家、诗人、民族英雄戚继光。戚继光的这首《望阙台》是他在福建任总督时的作品，那时的戚继光抗击倭寇、打击海盗，在闽、浙、粤之间转战了十年之久，期间屡立战功。

戚继光在人们的心目中是英雄，更是保平安的神仙，在我国东南沿海一带，一直到现在还流传着这样一首民谣："天皇皇，地黄黄，莫惊我家小儿郎，倭寇来，不要慌，有我戚爷会抵挡。"这首民谣中的"戚爷"指的就是戚继光。

公元 1528 年 11 月 12 日，戚继光出生于山东省济宁市微山县鲁桥镇一个普通家庭之中，虽然家庭生活贫穷，但戚继光的祖辈们因为都是读书人，家里人在奔走逃亡的路上，虽然丢掉下许多财产，唯独留下了珍贵的书籍。而戚继光从小就聪明好学，不仅通晓儒经、史籍，更是十八般武艺样样精通。当戚继光渐渐长大，他的才能与才气也越发地出众，很快，只有十六岁的戚继光便被任命为登州卫指挥佥事，如果按现在的官职划分，应当属于军队中的副团级干部。从此，戚继光带领着他的警卫部队，开始大展宏图。

## 韬铃深处

戚继光

小筑渐高枕，忧时旧有盟。
呼樽来揖客，挥尘坐谈兵。
去护牙签满，星含宝剑横。
封侯非我意，但愿海波平。

戚继光的这首《韬铃深处》的大致含义是：“你感觉我们是在小家里高枕无忧，安逸生活了吗。可不要忘记了我们还有个旧盟友在身侧，倒酒、干杯对饮欢唱，摩拳擦掌大谈怎么打仗。又谈兵法、又擦宝剑的折腾，这不是在玩，是想去杀光倭寇。封侯做官并非我自己愿意，只是想扫平海上倭寇，让出行的船只平安航行。”

这首诗词是戚继光十八岁时的作品，这是一首典型的托物言志诗，戚继光在这里所说的“旧有盟”指的是倭寇。当时山东沿海一带常常遭受到倭寇的烧杀抢掠，让沿海居民苦不堪言，戚继光从小就立下了杀贼的志愿。

那时的戚继光因为渐渐在军事上显现出他的才能，在登州卫又做上了屯田事务的职务，这个职务，相当于我们现在的团长一职。短短两年多的时间，只有十八岁的戚继光能做到这样的职务，实属不易。

自此之后，戚继光带领自己的部下与倭寇展开了斗争。在斗争中，戚继光有勇有谋，总是会找到敌人的软肋，用最快的速度将敌人击败，渐渐地戚继光名声大震，让那些海盗们只要一听到戚继光的名字就会吓得胆战心惊。

很快戚继光的才能引起了朝廷的重视，1553 年，只有二十六岁的戚继光在明朝内阁首辅张居正的举荐下，做了指挥佥事一职，管理登州、文登、即墨三营二十五个卫所，防御山东沿海的倭寇。朝廷的信任，亲信的忠诚追随，民间百姓的拥护爱戴，让戚继光信心满满，让他的伟大抱负得以充分发挥。

## 登盘山绝顶

戚继光

霜角一声草木哀，云头对起石门开。
朔风边酒不成醉，落叶归鸦无数来。
但使玄戈销杀气，未妨白发老边才。
勒名峰上吾谁与，故李将军舞剑台。

读着戚继光的这首《登盘山绝顶》，似有一个盛大的场景呈现我们的眼前，这场景既悲壮又意境辽阔：“悲凉的号角声吹响了，深秋的草木也变黄衰落。冷风吹开云头山脚下的烟雾，让我看到了隐藏在深山里的石门。迎着寒冷的北风，喝着边疆的烈酒，我并没有醉。寒鸦趁着暮色飞回落叶缤纷的树林。依靠军威可以镇服夷狄，吓得他们不敢再轻举妄动，我愿意在边疆长期驻守，直到白了双鬓。我要做个像李广、李靖将军那样威震匈奴的人，在峰顶的舞剑台上勒石记功，留下姓名。”

这首诗是戚继光在蓟州训练士兵时，站在盘山上望着祖国大好河山时有感而发的作品。此诗意气风发，既融入了戚继光无限的爱国情怀，又体现出来了他坚定的信念与壮志。词中所说的“故李将军”指的是名将李广、李靖，他们是抵御外敌的英雄。

戚继光把自己一生的心血都付于军事上面，他不仅在战略上有着一套自己独特的军事才能，更是一个观察细致入微的发明家。为了让自己的士兵在战争中的兵器发挥到最大的杀敌和自保作用，戚继光与他的将士们创造了许多战场上的阵法，更是发明了有利于战争中杀敌与自卫的武器。

因为敌人擅长于埋伏，如果我们不把部队化整为零，然后再整片相连，极容易被敌人伏击，戚继光就根据敌人的这一特征，发明了鸳鸯阵，这个阵法以十二人为一个单位，这个阵法让矛与盾、长与短紧密结合，充分发挥了各种兵器的效能，而且阵形变化灵活。不仅如此，戚继光还根据倭寇使用的倭刀的特征，发明了戚氏军刀、狼筅等克制倭刀的兵器。

# 马上作

戚继光

南北驱驰报主情，江花边月笑平生。

一年三百六十日，多是横戈马上行。

这首《马上作》是戚继光戎马一生的真实写照，此诗意境丰满、对仗工整，用词考究而又如行云流水一般地流畅，从戚继光的诗里，很少看到悲花伤月，我们读到的是他乐观、豁达的情怀。

是的，戚继光的生活应该用生动、活泼、乐观、豁达及真性情来形容的。相信每一位了解戚继光故事的人，都知道他的一则趣闻。那就是他怕老婆。这在女人地位极其低下的旧社会，戚继光这样的品格应该是难能可贵的，与其说戚继光怕老婆，倒不如说是他对妻子最大的爱与尊重。

戚继光的妻子姓王，正史里只有这样一句记载“万户南溪王将军栋女”，所以至于王氏究竟叫什么名字，世人不得而知。王氏从小就聪明贤惠，文武双全、有勇有谋，一直到现在民间还流传着王氏设计退敌寇的故事。

台州战役的时候，戚继光带着他的戚家军参加战役，而王氏与“戚家军”的家眷亲属们都居在新河城，守军很少。这时，大批倭寇突然远程突袭，包围了小小的新河城，因为城外的倭寇太多，城内的人万分惊恐。情势危急之下，王氏说服守城官兵，动员城中女人孩子，统统穿上“戚家军”的军服，大大方方地列于城上。城外倭寇抬头一看，见城墙之上到处都是密密麻麻的军人，倭寇匪首以为城中有戚家军的主力部队，立刻吓得转头后撤，王氏上演了一部“空城计”，活生生地吓退了穷凶极恶的倭寇。

戚继光与王氏十三岁订婚，十八岁结婚，两个人也算是青梅竹马、情投意合。但戚继光与王氏却是脾气完全不同的两个人，戚继光虽然在外可以指挥千军万马，但却制服不了王氏，随着两个人生活在一起时间越来越长，这个特点也越发地突出。有一次，戚继光又被妻子王氏打得落荒而逃，沮丧地来到军营，他身边的亲信和追随一看戚继光这个样子，知道戚继光一定又是被王氏打出来了。大家为什么知道呢，因为王氏常年随军，她的泼辣在军营中已不是秘密。众将领便纷纷给戚继光出主意，让戚继光把王氏约到军营中，大家帮戚继光教训一下王氏。气头上的戚继光真的听了众将领的话，把王氏约进军营，当王氏走进帐篷，望着众将领摩拳擦掌的样子问戚继光道："你叫我来有什么事情？"戚继光望着王氏大摇大摆地站在众人中间，心里突地一跳，一下恢复了理智，只见他把手中的刀一横，理直气壮地对王氏道："特来请夫人阅兵。"本来那些憋着一肚子火，要给戚继光出气的亲信们，一个个笑得人仰马翻，就差没有在地上打滚了。

在民间广为流传的"马刀杀鸡"的故事，也是王氏与戚继光的生活写照，这一日因为打不过王氏，又被王氏胖揍了一顿后，戚继光趁王氏午休时间提着马刀想偷偷给自己解气，结果走到门前一脚踩到猫的尾巴上，那猫喵一声尖叫把王氏吵醒，王氏从床上坐起来问道："谁呀，在门前做什么？"举着马刀的戚继光吭哧半天答道："杀鸡给你吃。"王氏接着躺倒床上："以后杀鸡小点声音。"戚继光就举着马刀去杀鸡了。

王氏是一个对爱执着而又专一的女子，她的女权主义在旧社会，在那个以男人为中心的朝代是格格不入的。后来，王氏结束了与戚继光的婚姻生活，至于她最后去了哪里，再无人知晓。

# 辛未除夕

戚继光

四指回杓犹障塞，颠毛如许怯簪冠。
惊心岁月愁仍在，回首风尘梦已阑。
百战劳销千口集，万金散尽几人欢。
燕然北望空弹剑，马革寻常片石难。

这首《辛未除夕》是戚继光晚年的作品，从这首作品里，我们读到了生活的厚重、人世的沧桑、岁月的无情、生活的凄惨以及内心为国为民的担忧：“用手指着北斗七星，如同看到他们被障碍物给遮挡，内心越发害怕头顶上的官帽。迟迟回首，岁月深处的愁绪依然还在，梦依然在灯火阑珊的尘世深处。一生辛苦，身经百战，把所有钱财散尽能得到几个人的欢喜。站在燕台向北望去，剑孤零零地插在泥土中，空旷的原野已经再也找不到一片马革。”

杓，指的是北斗七星的第六、第七颗星星；马革，指的是包裹战士尸体的马皮。在古代战场上，马是战争的工具，在那个缺衣少粮的时代，战死的马匹往往会成为战士们桌上的饭菜，而马皮成为包裹战士尸体的东西。

此首诗词里满是对往事的回忆，悲凉的场景让人心生忧伤。是的，此时的戚继光因为遭奸臣陷害，被迫从他坚守多年的蓟门调到广东，远离战场，远离自己一生厮杀、牵挂的地方，怎能不让他失落、怎么不让他忧伤！所以在这首《辛未除夕》的收尾处，才有了“燕然北望空弹剑，马革寻常片石难”的句子。不久，戚继光抑郁成疾，于公元1585年，结束了他伟大而又光荣的一生。

其实，写到这里，内心多了一份释然，比起那些英雄们最后的结局，戚继光为自己这样画上句号，是少了遗憾的，少了惊天动地的悲凄与感叹的。从内心深信，他在最后的时刻，眼前一定晃动着他深爱的妻子王氏的身影，虽然他们早已分离多年，但他们的爱是真心实意地存在并那么地让人难以忘怀的。

# 第二章　天涯明月刀

风一吹 来来往往的影子
有从船上走下去的 也有走到船上去的
许多带着尘世烟火味道的故事 在那只琥珀里经过
却并没有把它从悠远而又深长的梦境唤醒

风沙写成的诗里 被一只老鸦衔在了口中
一粒又一粒的旧月光被挤落在了时光的河床上
白鸽子没有飞进梦里 而是口含春天
落在家乡老屋的房顶上

春风的袖子才刚刚挥起 那些浮动的暗香
扑棱着翅膀卧进了袖底
从诗人指尖滑落的诗里 纷纷滚落田野
望着挂在枝头的春天 进入遐想

# 嵇康·餐沆瀣兮带朝霞

## 琴歌

嵇康

凌扶摇兮憩瀛洲。要列子兮为好仇。
餐沆瀣兮带朝霞。眇翩翩兮薄天游。
齐万物兮超自得。委性命兮任去留。

笔尖才刚刚落下，一首千古流传的名曲《广陵散》便在心头荡漾开来，那声音时而舒缓、时而激扬，愤慨不屈的浩然之气缭绕人间。让我们把心灵深处的杂念去除，陶醉其中，追随着时光之门，在岁月的深处与“竹林七贤”相聚，一睹《广陵散》主人的风采。

嵇康，字叔夜。三国曹魏时著名思想家、音乐家、文学家。嵇康为人正直、刚正不阿、侠肝义胆，他主张“越名教而任自然”“审贵贱而通物情”，他是“竹林七贤”的精神领袖，位列“竹林七贤”之首。

在这里要解释一下“竹林七贤”，“竹林七贤”指的是三国时期曹魏正始年间(240—249)，嵇康、阮籍、山涛、向秀、刘伶、王戎及阮咸七人，先有“七贤”之称。因常在当时的山阳县（今修武一带）竹林之下，喝酒、纵歌，肆意酣畅，世谓“七贤”，后与地名竹林合称“竹林七贤”，同时这七个人也是玄学的代表人物，他们的故事非常有传奇色彩。

嵇康的音乐天赋非常高，那些曲子只要他听过一遍，他就可以演奏出来。嵇康的这首《琴歌》摘录他的作品《琴赋》。从这首《琴歌》里，我们似乎看到了一个盛大的场景："烟云、朝霞、万物生命盎然，以及这醉美风景里站立的人，他的背影被初升的太阳拉长，融入远山近水之中。"

关于《广陵散》这首著名曲目的由来，还有一个美丽的传说：这一日月朗星稀，秋虫呢喃，望着幽美的夜色，嵇康的心里生出了无限的感慨与柔情，想到自己如痴如醉地追求着人生的完美，摆脱名利的束缚，回归自然本真的天性。越是去想，内心的情愫越是想发泄出来。他来到亭榭之上，对着明月抚琴高歌。嵇康弹奏的曲目美妙无比，小弦切切如流水，大弦铿锵如铁戈。这声音，醉了月色、醉了湖泊、醉了蝴蝶与花朵。让一只睡在花蕊里的小花仙心动不已，禁不住就飞出了花丛，飞到了嵇康的琴弦上。

小花仙把自己心目中听到的美妙曲目与嵇康正弹的曲目融为一体，把聂政一生的不幸命运和他肝胆相照的侠义精神都一一融入进了这曲子之中。最后小花仙和嵇康共同为这曲目取名为《广陵散》。并且小花仙和嵇康约定，此曲不得授予外人。然后小花仙翩跹而去，当嵇康想留小花仙多待一会儿的时候，整个人猛地从椅子上摔了下来。

原来嵇康对着明月竟然不知不觉地睡着了，这一切只不过是梦中的情景罢了，但小花仙和自己共弹的曲目却历历在目，嵇康急忙走到琴边，弹出流传至今、位居中国十大名曲之列的《广陵散》。

夫人之相知，贵识其天性，因而济之。禹不逼伯成子高，全其节也；仲尼不假盖于子夏，护其短也；近诸葛孔明不逼元直以入蜀，华子鱼不强幼安以卿相，此可谓能相终始，真相知者也。足下见直木不可以为轮，曲木不可以为桷，盖不欲枉其天才，令得其所也。故四民有业，各以得志为乐，唯达者为能通之，此足下度内耳。不可自见好章甫，强越人以文冕也；

己嗜臭腐，养鸳雏以死鼠也。吾顷学养生之术，方外荣华，去滋味，游心于寂寞，以无为为贵。

——节选嵇康《与山巨源绝交书》

这山巨源是谁？嵇康为什么这么生气地写这篇《与山巨源绝交书》呢？从我们节选的这段内容里，我们不难看出，嵇康非常生气自己的好友山巨源明明知道自己的为人和性格，明明知道自己不愿与司马氏王朝为伍，竟然还要推荐他去司马王朝做官。嵇康挥笔写下《与山巨源绝交书》，书中引经据典，明确向山巨源表达出了“志不同不相为谋”的决心，从此要与山巨源断绝一切交往。

山巨源，就是“竹林七贤”里年龄最长的山涛，因他的字为巨源，所以嵇康才会在书中称他为山巨源。山涛在“竹林七贤”中的地位也是极高的，可以说“竹林七贤”能聚到一起，无不与山涛有关，是山涛把这七个有共同爱好兴趣的人聚到一起，成了后来的“竹林七贤”。最初也是山涛与嵇康常在竹林相聚，后来山涛又认识了阮籍，引阮籍与嵇康，而嵇康与阮籍在音乐上都是极有天赋之人，阮籍是“正始之音”的代表，被世人称为“嵇琴阮啸”。

山涛一直到四十岁的时候，才出仕为官。在此之前他的生活一直苦寒交迫。山涛的妻子韩氏，十六岁嫁于山涛。无论日子如何困苦，从不言离散，让山涛从内心极为感动，这一日山涛对妻子韩氏说：“你对我不离不弃，日后我定会好好待你。你暂且忍一忍现在的饥寒，我日后定当位列三公。”果然，后来山涛无论地位多高，从不言纳妾之事，与妻子韩氏相守一生。

虽然“竹林七贤”的爱好兴趣相同，但七个人的性格并不相同。当时，嵇康的政治倾向是魏，而山涛却投靠了司马氏。山涛很是欣赏嵇康的为人与那种内敛而又不张扬的性格，所以便推荐嵇康到司马氏的朝堂做官，这让嵇康非常生气，写下了这篇《与山巨源绝交书》。

虽然嵇康与山涛的政治立场不同，但君子之间的相互欣赏却永远存在，山涛与嵇康一样，是一位至真、至善、至纯、至孝之人。当嵇康被冤入狱的时候，他想到托孤的第一个人就是山涛，在他内心，感觉山涛是值得托付之人。在他行刑前，对自己的儿子嵇绍说道："有巨源在，我即便离开，也不会担心你的未来。"

而山涛果然不负嵇康所托，虽然嵇康遇害时，他已经退隐山林，可是为了抚养嵇康的一双儿女长大成人，他再次出仕做官。山涛一手把嵇康的女儿抚养大，将她嫁给一个正直人家，过上了幸福生活；山涛同样把嵇绍抚养长大，后助他走上了仕途，成为后人敬仰的大文学家。那么作为"竹林七贤"的精神领袖，嵇康是因为什么被冤屈杀害的呢？

## 与吕长悌绝交书（节选）

嵇康

而阿都去年向吾有言：诚忿足下，意欲发举。

吾深抑之，亦自恃每谓足下不足迫之，故从吾言。

间令足下因其顺亲，盖惜足下门户，欲令彼此无恙也。

又足下许吾终不击都，以子父交为誓，吾乃慨然感足下，

重言慰解都，都遂释然，不复兴意。

足下阴自阻疑，密表击都，先首服诬都，此为都故，信吾，又无言。

何意足下苞藏祸心邪？都之含忍足下，实由吾言。

今都获罪，吾为负之。吾之负都，由足下之负吾也。

怅然失图，复何言哉！若此，无心复与足下交矣。

古之君子，绝交不出丑言。从此别矣！临书恨恨。嵇康白。

这首《与吕长悌绝交书》里的内容含着重大的冤情，那么嵇康为什么要与自己的朋友吕长悌绝交？他与吕长悌及其弟弟吕安之间到底有什么样的仇恨和无法解开的心结在里面呢？

相信，我们对“千里命驾”这个成语并不陌生，这个成语的意思是因为思念自己的好友，不远千里驾着马车去看望和拜访自己的朋友。这个成语的由来，就来自嵇康的好友吕安。他因为思念嵇康，不远千里驾着自己的马车去看望嵇康。结果嵇康不在家，嵇康的哥哥嵇喜在家，便急忙迎接吕安进家里坐坐，但吕安一听嵇康不在，便没有进，只在他家门上书写了一个大大的“凤”字。嵇喜不明白其中意思，但知道这应是对嵇康友善的祝福。便问吕安这个字什么意思，吕安回答说：“凤，凡鸟也。”

吕安是魏明帝时镇北将军吕昭的儿子，所以他对司马氏王朝也是不感冒之人，再加上自己恃才自傲，蔑视司马政权的礼法，他与嵇康一样，是被司马政权视为眼中钉、肉中刺之人。因为吕安与嵇康思想、才气及政治信仰的相同，两个人才成了至交好友。

吕安的妻子徐氏相貌极为出众，与吕安恩爱有加。可吕安有一异母同父的哥哥吕巽，字长悌。此人与嵇康也素有交情，虽然有才气，但却是一个心术不正、无恶不作之人。自从他望到自己弟妹徐氏的第一眼，便对她的美貌垂涎三尺，总是想方设法接近徐氏。但徐氏是一个行为端庄、为人正派之人。几次调戏不成之后，他又想出了另一个办法，在徐氏的酒中下了迷药，把徐氏迷奸了。酒醒后的徐氏不堪受辱，上吊自尽。

吕安悲痛不已，一边是自己的爱妻，一边是自己同父异母的哥哥，这事情如果传扬出去怎么办？如果不传扬出去，自己心里又咽不下这口气，无人诉说的吕安，自然就把自己的心事讲给了挚友嵇康。

嵇康从大局考虑，向吕安分析了利弊，最后劝吕安“以家丑不可外扬”为由，不再去官府告发吕巽。可这吕巽却来了个恶人先告状，他以吕安不孝为由把吕安告到了官府。这让嵇康大为恼怒，一气写下了《与吕长悌绝交书》。在此书里，嵇康历数吕巽的不仁不义，把一个小人嘴脸的丑恶昭告天下。然后嵇康不顾个人安危，更不顾自己本就是司马政府找尽各种理由想要除掉之人，主动站出来为锒铛入狱的吕安做证人。结果是可想而知的，在那个无法说明黑白的世界里，嵇康也就此被关进大牢之中。

在司马政权中担任书侍郎的钟会，与嵇康有着很深的隔阂，两个人基本处于水火不容的地步。嵇康现在既然入了他司马政权的大狱，不是罪不当斩吗？好，那我钟会就给你一个更大的罪名，给你一个当斩的罪名。于是，钟会便陷害嵇康，说嵇康的妻子是曹操的侄女，而吕安与嵇康交往甚密，两个人都有谋叛之心。皇帝司马炎也有自己的想法：“既然这样的人才不能为我所用，那么就会对我造成威胁。”于是就为嵇康定了一个叛国谋反之罪。

嵇康为人正直，同时又有无人能比的音乐天赋与文学修养，嵇康手下的弟子达三千人，人们为能成为嵇康的弟子而骄傲，包括司马政府的许多官员虽然知道叛国谋反之罪不可求情，但也有许多当朝大臣主动站出来为嵇康求情，但掌权者却不允许自己的国家有异音，嵇康依然没有被释放。

嵇康行刑的那天，整个刑场站满了嵇康的弟子，他们高呼着嵇康的名字，大声抗议，希望行刑官能放了嵇康。嵇康镇定自若，此时，一弟子送上了嵇康的六弦琴，只见嵇康不慌不忙调好琴弦，最后一次演奏自己独创的神曲《广陵散》，那声音让天地失色，铮铮琴音里有着铁血男儿的钢筋铁骨、似水柔情。

# 张衡·美人赠我金错刀

## 四愁诗之一

张衡

我所思兮在太山

欲往从之梁父艰，侧身东望涕沾翰。
美人赠我金错刀，何以报之英琼瑶。
路远莫致倚逍遥，何为怀忧心烦劳。

记得是小学三年级的一堂语文课，那堂课让每一个读书的儿童都记住了一位伟大科学家、发明家的名字“张衡”。当我后来喜欢上古诗词的时候，才知道张衡不仅是留下地动仪的科学家，还在文学方向留下了很多不朽的作品，被后世颂扬。东汉时期，张衡的词赋与司马相如、扬雄、班固齐名，被并称为汉赋四大家。

张衡这首《四愁诗》大致含义是：“我思念的美人住在泰山上，我有心想去寻找她，但去泰山的路有千难万险，我无法寻找到美人。倚在栏杆上望着东方，不经意间眼泪打湿了衣裳。美人送给我金错刀做礼物，我用什么来回报她呢？虽然我有美玉琼浆，但是路途的遥远使我无法前去。为何我心里总是想着她，一想她便会心意烦乱。”

这首《四愁诗》字里行间充满对心爱之人的思念，有心想与心爱之人约会，却又因为路途的遥远，泰山的艰险让他无法前去。如果我们不了解作者写这首诗词的背景，只从字面意思来理解，一定以为作者是被情困扰了，但却不知道，这首《四愁诗》并非一篇，而是一组，由四首诗组成，分别指了东、西、南、北四个最出名的地方，而这四个方向却都有更为深刻的含义。

张衡的这组《四愁诗》，每首诗代表一个地名，它把第一首的地名写为泰山，当然是有自己深刻含义的。泰山是古代帝王登基后必去祭拜的地方，所以古人有为“王者有德功成则东封泰山，故思之”之说。据历史上记载，到了东汉安帝、顺帝时，朝廷腐败，百姓疾苦，政府与民间的矛盾也日益突出。张衡看在眼里，急在心里，所以写下这组《四愁诗》，把自己内心的希望寄托于朝廷，希望自己的才能得以展示，能让自己报效国家。

惟帝王之神丽，惧尊卑之不殊。虽斯宇之既坦，心犹凭而未摅，思比象于紫微，恨阿房之不可庐。覜往昔之遗馆。获林光于秦余。处甘泉之爽垲，乃隆崇而弘敷。既新作于迎风，增露寒与储胥。托乔基于山冈，直滞霓以高居。通天訬以竦峙，径百常而茎擢。上辩华以交纷，下刻哨其若削，翔鹤仰而不逮，况青鸟与黄雀。伏棂槛而頫听，闻雷霆之相激。

——节选张衡《二京赋》

张衡的《二京赋》分为《东京赋》和《西京赋》，此赋洋洋洒洒有上万字，这篇《二京赋》张衡殚精竭虑用了十年时间之久才创作成功，如班固的《两都赋》一般，精思傅会、旁征博引、谈古论今，不仅描写了长安的繁华、国家的昌盛，还抨击了时政利弊，官僚豪绅们的昏庸腐朽，黎民百姓的痛苦和仇恨。

张衡是道家出身，淡泊名利、才高八斗，有运筹帷幄之才，但却从没有产生因为自己的才能而荣华富贵、飞黄腾达的想法。汉和帝永元年间，大概是公元 89 年的时候，张衡被推举为孝廉。在汉朝，孝廉的职位相当于明朝、清朝时代的举人一职，但张衡却并没有前去任职。后来，大将军邓骘欣赏张衡的才华，多次举荐、征召他走入仕途，张衡都以种种理由拒绝。直到公元 100 年的时候，张衡应好友南阳太守鲍德的邀请，到他的手下做了一名主簿。他在鲍德家一待就是八年之久，一直到鲍德告老还乡，张衡才离开鲍府。

也就是在这八年时间里，张衡写出了流传后世，给人警醒的《二京赋》，让张衡在东汉的文学地位更加巩固，名气也越发远播。

张衡从小就展现出与众不同的天赋与才气，在他小的时候，别的孩子都在玩耍的时候，张衡却呆呆地望着天空中的星星发呆，他发现那些星星看久了都会移动，尤其是北斗星，那七颗星星像一个勺子一般地排列在一起倒挂在空中，是最明亮、最耀眼的。当他把自己内心的想法向长辈们问询的时候，他们也答不出来，这越发激起张衡的好奇心，一心想对这些星座查探个究竟。他开始潜心研究哲学、数学、天文，积累了大量的知识，并把自己的研究成果著成书籍。

为了让自己的研究更加深入，张衡走遍大江南北，拜访名人志士。十七岁的时候，张衡来到长安，在那里考察历史古迹，调查民情风俗和社会经济情况。

我们的古人对天文学是非常在意的，帝王的登基、王国的兴衰、更替，都喜欢让星相师们观看星相后才会进行重大决定，所以古代的星相学是非常兴盛的。东汉时期，关于星相学说就有三个学派，即盖天说、浑天说和宣夜说，张衡就是浑天说的代表人物。

# 经史阁四言诗（节选）

张衡

玄黄氤氲，混沌未死。道隐冥默，文郁雕跂。
蚩蚩熙熙。结绳而治。谁凿七窍，鸿蒙拊髀。
马图鸟迹，彷佛文字。羲轩勋华，授受一理。
典谟训诰，浑浑无拟。天生素王，躬服仁义。

张衡的这首《经史阁四言诗》洋洋洒洒写了几百字，从道家学说入笔，从天地形成，四大猛兽之一的混沌还没有死，再写到人类结绳记事。从帝王的更替、历史的变迁，再写到这一切都是道法自然的结果。

张衡所以写这首诗词，自然与他的心境有关，他知道自己再无法一而再，再而三地拒绝朝廷对他的邀请，张衡终于答应做执掌太史的职位。太史在古代的职位是非常重要的，就像现在的秘书处一般，掌管着起草文书，策命诸侯、卿大夫，记载史事，编写史书，兼管国家典籍、天文历法、祭祀等。

张衡这一做太史就是五年之久，他把百姓的苦都看在眼里记在心里，他把自己亲眼看到的都写成文字呈现到朝廷面前，这让汉顺帝对张衡另眼相看，把他又升职为侍中，供职在自己身边，只要张衡提出的建议，汉顺帝都会采纳。张衡在汉顺帝身边对那些奸臣贼子而言如一个定时炸弹，让那些奸佞的权臣、太监们时时提心吊胆，唯恐张衡说出什么不利他们的话。终于，这些奸臣贼子憋不住了，他们一起诽谤张衡，要置张衡于死地。张衡是何等聪明之人，他深信吉凶福祸总是相依相伴的，它们之间丝丝缕缕的牵连又怎能是世俗之人所能明白和理解的，汉顺帝更是需要张衡的才能，所以又让他做回了太史。

一转眼十四年的时间又过去了，这十四年是张衡科学研究灵感最为旺盛之期。据王会安、闻黎明主编的《中国地震历史资料汇编》第一卷中的统计数字，两汉时期共发生地震一百一十八次，平均不到四年就发生一次，足见两汉时期地震之频繁。一次次的地震和自然灾害，让百姓流离失所。张衡经过自己精密的观察和计算，精准地推算出什么地方是地震带，什么地方容易发生地震，为了让人们在地震前有所防备，他又发明了地动仪，这个地动仪设计精巧，外观漂亮，它有八个方位，哪个方位如果要发生地震，这个地动仪能在地震前发出准确的预警信号。

瑞轮荚是张衡发明的机械日历，这个日历的发明极为精致巧妙，前半月的时候，瑞轮荚会生出一片片叶子，到了下半月，生出的十五片叶子又缩了回去。同时，他还发明了浑天仪、指南车等等一系列重大发明。

不仅如此，张衡的木雕技术更是到了让世人惊叹的地步，在《墨子·鲁问》就有这样的记载："公输子削竹木以为鹊。成而飞之，三日不下。"如果他的这些珍贵的创造发明不是因为战争而佚失，不知道中国的科学技术要领先世界多少个年代。

## 叹

张衡

大火流兮草虫鸣，繁霜降兮草木零。

秋为期兮时已征，思美人兮愁屏营。

张衡的这首《叹》，充满悲伤与思念，把一个悲凉的秋景、孤独的身影、相思的情感都融入了此诗之中。在张衡的内心，他不希望天下有战争再发生，他希望世间不要再多了闺中的思念，不要再多了儿郎的征战：“流萤在火光前飞舞，秋虫在草丛中啁啾，浓重的霜露落在凋零的草木上。秋天的期限已到我又要踏上征途，心里思念美人让自己在帷帐里生满愁绪。”

公元 98 年，二十岁的张衡与自己同村一个名字叫魏兰的女孩结婚，魏兰和张衡婚后生活幸福，并育有两儿一女。是的，幸福就是灵感的源泉，张衡一生所以能有这么大的成就与创造发明，正是因为有了妻子的支持，张衡失落、失意、困苦时，她会劝张衡一定要不畏前路艰难，当张衡意气风发时，她又会劝说张衡一切一定以大局为重，定不要负了朝廷的信任。

当张衡告老还乡的时候，他们相守在一起，牵手行走在风景与山水之间，正如张衡曾经写的《龙潭瀑布泉》：“古木千章荫浅滩，干霄危石噀飞湍。水晶帘下谁安女，乱掷珍珠落玉盘。”

让人间多些幸福的相聚，少些离别的凄凉，让那些爱国的能人志士们都有一个美满的结局，都能在幸福中长眠。

# 王勃·槛外长江空自流

## 滕王阁

王勃

滕王高阁临江渚，佩玉鸣鸾罢歌舞。
画栋朝飞南浦云，珠帘暮卷西山雨。
闲云潭影日悠悠，物换星移几度秋。
阁中帝子今安在？槛外长江空自流！

唐朝的月光，接近大海时，海天已成一色，我不知道，脚下踩着的是哪位诗人诗里的韵律。我只知道，当故事在岁月的长河里凝成莲花时，你踏着佛音而来，天已无形，我亦无形，只是听到由远而近的声音在诵读：“落霞与孤鹜齐飞，秋水共长天一色。”端坐在历史扉页里的你，画面清晰，许多往事再一次呈现在眼前。

是的，今天故事里请进来的主角，就是出生于公元650年，与杨炯、卢照邻、骆宾王并称为“初唐四杰”之一的诗人王勃。王勃出生于儒学世家，在书山、词海里成长的王勃，被人称为神童，据《旧唐书》记载：“王勃六岁解属文，构思无滞，词情英迈，与兄才藻相类，父友杜易简常称之曰：此王氏三珠树也。九岁便通读颜师古注《汉书》，并作《指瑕》十卷以纠正其错。”

从诗里词句里，我们不难读出王勃的这首《滕王阁》所描写的内容：“挺拔高耸的滕王阁，临着江心的沙洲，上面有歌舞器乐的声音。那些雕龙刻凤的柱子对着早晨的太阳飞舞，暮雨竹帘下，回荡着西山下落日的雨声。一朵朵彩色的云倒映在潭水之中，时光匆匆，转眼又是几度春秋。昔日游赏于高阁中的滕王如今也已无处可觅，只有那栏杆外的滔滔江水空自向远方奔流而去。”

这首诗气势磅礴，珠圆玉润，层次分明，用词轻巧而又浑厚，先从滕王阁所处的地理位置，再写到从阁上俯视到的风景，从风景又叹息到时光的匆匆，滕王的沉没，让人读来禁不住想象联翩，感叹岁月的无情，繁华与权力也只不过如过眼烟云。

其实，王勃写这首《滕王阁》的背后还有一个美丽的传说。那时的王勃去交趾郡探望父亲，途中正好路过南昌，南昌的都督阎伯屿在滕王阁上宴请文人名士，王勃的朋友便带着王勃一起参加酒会。趁着酒兴，都督阎伯屿想请这些文人墨客为他所写的诗词作序。可大家都喝得正酣，如果直接写诗词还可以，作序却是一个费脑筋的事情，所以众人都不敢接。当纸笔传到王勃面前，王勃一点不客气，一挥而就。

原来，阎伯屿内心早已有打算，他知道众人是做不出来的，已经让自己的女婿提前做好序文，在众人面前想让自己的女婿一举成名。可没有想到，纸笔到王勃这里，这个毛头小子却一点也不客气。阎伯屿开始有些不高兴了起来，当他把王勃的序拿到手中，读前面的句子感觉只是平常，可当读到最后，禁不住拍案叫绝，尤其是读到“落霞与孤鹜齐飞，秋水共长天一色”时，阎伯屿倏地站了起来：“天才！天才！他的文章可以传世。”

写完序文，王勃接着又写了这首《滕王阁》然后告辞出门。可这首诗词最后一句“槛外长江（ ）自流”王勃空了一个字没写。阎伯屿赶紧叫人快马追上王勃，结果王勃告知来人，就是一个“空”字。当阎伯屿知道写这首诗和序的人是王勃后，在第二天，专程去拜访了王勃，与王勃成为好友，而王勃的《滕王阁序》也成了传世名篇。

## 送杜少府之任蜀川

王勃

城阙辅三秦，风烟望五津。
与君离别意，同是宦游人。
海内存知己，天涯若比邻。
无为在歧路，儿女共沾巾。

是的，“海内存知己，天涯若比邻。”这句千古名言，不知道安慰了多少孤单远行游子们的灵魂：“雄伟繁华的长安城，被关中的三个区域护卫着。透过滚滚的烟云望着五津。虽然今天与你握手离开，但我们的心却永远心心相印，因为我们都是远离故乡，同时宦海沉浮之人。四海之内只要有了你这个知己，不管远隔在天涯海角我们内心之间都如邻居一般，没有距离。不要在这分别的路上伤心落泪，像那些多情的少年一般，让泪水把衣服打湿。”

从这首诗的字面意思，我们不难读出，王勃在长安是送一个姓杜的朋友去四川的五津一带做县官。四川岷江古有白华津、万里津、江首津、涉头津、江南津五个著名渡口，合称五津。王勃的这首《送杜少府之任蜀川》被称为千古第一送别诗，后人只有模仿，再无超越。

那么王勃是怎么到达长安的呢？王勃到长安自然与他的事业有关。王勃当时虽然年龄不大，但却怀抱一颗爱国之心，一心想用自己的才能实现自己远大的理想与抱负。

王勃十五岁那年，听说当朝宰相刘祥道巡行关内，路过自己故乡的时候，王勃便上书刘祥道，反对唐王朝的侵略政策，反对讨伐高丽，他在书中这样写道："辟地数千里，无益神封；勤兵十八万，空疲帝卒。警烽走传，骇秦洛之甿；飞刍挽粟，竭淮海之费。"生活在民间的王勃，深知百姓们真实的想法，同样也深知战争给百姓带来的伤害，所以他的这篇文章可以说代表的是百姓们的心声。刘祥道看后，对王勃大加赞赏，知道王勃并非凡夫俗子，便极力推荐王勃去京城长安，让他用自己的才能为朝廷效劳。

刘祥道称王勃："所以慷慨于君侯者，有气存乎心耳"之语惊异，赞王勃为"神童"，并亲笔向朝廷写了举荐信。就这样，在刘祥道的推荐下，十五岁的王勃踏向了去长安的路。两年后，王勃在京试中一举成名，并被授予朝散郎之职。从此，十七岁的王勃开始走上了仕途。

王勃凭借着自己的能力，很快在京城名声大振，结交了一大批志同道合的朋友，与杨炯、卢照邻、骆宾王齐名并称为"初唐四杰"，而王勃被评为初唐四杰之首。王勃的文才深受沛王李贤的喜爱，被李贤征为王府侍读。王勃的仕途并不顺利，他没有八面玲珑的性格，也不愿与世俗同流合污。

盖闻昴日，著称于列宿，允为阳德之所钟。登天垂象于中孚，实惟翰音之是取。历晦明而喔喔，大能醒我梦魂；遇风雨而胶胶，最足增人情思。处宗窗下，乐兴纵谈；祖逖床前，时为起舞。

——节选王勃《檄英王鸡》

连王勃自己都不会想到，自己这篇热血沸腾的《檄英王鸡》为后世带来的价值不可估量，王勃也想不到这样的一篇文章，却成为他一生的灾难，让他结束了自己的仕途，远离了繁华的长安，也远离故乡，开始了颠沛流离的生活。

在唐朝初期，民间斗鸡之风盛行，皇亲贵族也加入其中。这一日，王勃在闲逛中，适逢沛王李贤与英王李显斗鸡，王勃为了给贤王助兴，没有多想，便写了这篇《檄英王鸡》来讨伐英王的鸡。王勃本来是无心之举，可错就错在他把这篇文章写成了檄文，而这篇檄文偏偏又落到当朝皇帝高宗的手中，这高宗一看便是龙颜大怒，你王勃看到王爷们斗鸡不但不劝，竟然还写檄文讨伐，这文字在朝廷上下传开，岂不让天下人笑话皇家男儿一个个都不务正业，就会斗鸡捉虾了。唐高宗李治越想越生气，直接把王勃赶出了王府。

虽然后来王勃的很多朋友因为赞赏王勃的才华与耿直的秉性而多次在朝廷上举荐王勃，唐高宗也感觉这样驱逐王勃在情理上有些说不过去，所以也几次召王勃入京，但已经身在蜀地山水之间的王勃感觉自己不是官道中人，结果都不肯应召。

留恋山水之间的王勃后来爱上了医学，当他听好友陆季友说虢州多药草的时候，便为了求得真学，应答做虢州参军。可王勃没有想到，自己的第二次入仕，却让他差一点连命都赔上。王勃的耿直、本真、恃才自傲与一心想为民办事的性格，永远是官场的大忌。他们怕王勃的光芒掩盖了他们，结果那些心怀不轨之人就设计陷害王勃。在一个风雨交加的夜晚，一个犯罪的官奴曹达莫名其妙地死在了王勃的家里，面对这样的诬陷，王勃百口莫辩，被捕判了死刑，包括王勃的家人也被牵连。可天无绝人之路，本来应该秋后处斩的王勃巧遇大赦，免除了死刑。

# 铜雀妓二首

王勃

之一

妾本深宫妓，层城闭九重。
君王欢爱尽，歌舞为谁容。
锦衾不复襞，罗衣谁再缝。
高台西北望，流涕向青松。

从这流泪的诗里，我们的眼前呈现出一幅悲伤而又凄美的画卷，那画卷里倾国倾城的绝色女子们，却因为命运的戏弄而无法左右自己的人生，成为歌舞妓女，对着盛世繁华强颜欢笑，谁又能看到夜深人静时，她们的泪水比露珠还要晶莹，那清晨一滴滴挂在草叶上的露珠，何尝不是她们的叹息声留下的。

铜雀原名榭台，在邺城，今天的河北省临漳县。公元210年由曹操建造而成，因为台上有铜铸大雀，所以又叫铜雀台。而曹操挑选的那些失去自由的妾妓就住在铜雀台上。据史书记载，铜雀台很高，上有宫房一百二十间，歌伎们被关闭在重重宫门之中。这里的“闭”字表现出了深宫里歌伎没有自由的痛苦。颔联“君王欢爱尽，歌舞为谁容”，进一步描写歌伎内心的孤寂。

而王勃的爱情故事何尝不是一场盛世悲歌呢？长安歌伎落霞对王勃的才气早就倾慕不已，自己的床前、室内贴满了王勃的诗词，包括她的手帕上绣的也是王勃的诗词。当落霞听说王勃入京并入仕的时候，落霞想尽一切办法，终于与王勃相见。从此，爱情在两个人的内心生根发芽，并茁壮成长了起来。

可这样的幸福只维持了两年，随后王勃离去，落霞相思成疾，不久便离开了人世。王勃同样对落霞念念不忘，王勃被大赦之后听说落霞离世的消息，悲痛不已。那时的王勃因为回家探亲，路过南昌参加阎伯屿的酒宴，在酒宴上想到与落霞之间的爱情，才写出了流传后世的凄美佳句："落霞与孤鹜齐飞，秋水共长天一色。"

这佳句里包含着王勃太多的思念和对亲人的歉疚，归家心切的王勃写完《滕王阁序》后，继续一路南下，不顾海上的大风大浪，在渡海赴交趾的途中，船不幸触礁最终沉没，一代奇才，为自己的生命画上了休止符。

# 杜甫·剑外忽传收蓟北

## 闻官军收河南河北

杜甫

剑外忽传收蓟北，初闻涕泪满衣裳。
却看妻子愁何在，漫卷诗书喜欲狂。
白日放歌须纵酒，青春作伴好还乡。
即从巴峡穿巫峡，便下襄阳向洛阳。

历史的印记里，古战场狼烟四起，曾经的通天帝国如今只剩残垣断壁，那些流浪的脚步、困倦的身体，有多渴望和平的光临？

“剑门关外忽然传来喜讯，官军收复了冀北一带，听到这个消息，我高兴得眼泪打湿了衣衫。回头看妻子和儿女，他们脸上的愁云也一扫而空，包括自己写的诗，也都欣喜若狂。我要在这阳光明媚的日子里开心地喝酒唱歌，与春光结伴返回故乡。就从巴蜀之地穿过巫峡，从襄阳再直奔洛阳。”

从这首《闻官军收河南河北》的诗词中，让我们看到了因为战争逃难在外百姓们当听说国家打了胜仗后的惊喜若狂，把酒当歌、打点行囊返回家乡，一路走下来，在他们的眼里全是祖国大好河山的美丽和对和平幸福生活的向往。本首诗词节奏轻快、对仗工整、用词华美、贴切而又通俗易懂。

是的，这首《闻官军收河南河北》作者就是唐代伟大的现实主义诗人杜甫。杜甫与李白并称“大李杜”，还有“诗圣”的美誉，这首诗末尾提到的襄阳就是杜甫的故乡。杜甫用热情洋溢的诗赞美这次失地的收复，对返回故乡充满了憧憬。

那么杜甫到底实现自己的愿望没有？他能不能如自己诗里所描绘的一般，一路观望河山的美好景色返回故乡呢？

## 与李十二白同寻范十隐居

杜甫

李侯有佳句，往往似阴铿。余亦东蒙客，怜君如弟兄。
醉眠秋共被，携手日同行。更想幽期处，还寻北郭生。
入门高兴发，侍立小童清。落景闻寒杵，屯云对古城。
向来吟橘颂，谁欲讨莼羹。不愿论簪笏，悠悠沧海情。

这首《与李十二白同寻范十隐居》是杜甫写给李白的作品：“你总是会写出佳句，往往如阴铿一般，灵感来的总是这么快。我与你在东蒙相见，视你如我的兄弟一般亲近。喝醉了酒，秋夜渐凉，仅有一条被子我们便一起盖，白天一起游山观景。我们还可以骑着马踏行在美好风景的深处。在客人们的左边，站立的小童是如此清秀，便知道他的家长一定也不是凡俗之人。夕阳下，我们听到了寒秋时的杵声，大片大片的云朵对着残缺的古城，好像在为我们吟唱着《橘颂》，在这深秋的时刻一起品尝菰菜莼羹鲈鱼鲙。不愿意谈论官场上的事情，只怜惜你我之间相聚的情谊。”

从这首作品里，不难读出杜甫与李白之间情谊的深重，那么一代诗圣与一代诗仙是怎样聚到一起的呢？

这首诗作于大约公元745年，那时的杜甫刚刚三十多岁，生活上衣食无忧。他经历了几次科考，因当时奸臣当道，他最终无缘官场。出生在京兆杜氏大家族中的杜甫，从小衣食无忧，所以杜甫在他三十五岁之前写的诗偏重于情谊、山水与风景。一场雨、一次美好的遇见，都会让重情重义的杜甫写进诗里，他用自己的诗，写着自己最为真实的故事和最为真实的感情。这也是后人为什么称杜甫为现实主义诗人、史诗作者的原因了。杜甫当时心怀远大抱负，希望自己有朝一日进入仕途，能为国家效力。

公元744年，杜甫与李白在洛阳相遇，两个人都怀着忧国忧民的情怀，同时又都才华横溢、喜欢道学，所以两人一拍即合。当时杜甫的父亲正好在山东兖州做官，两个人便相约同去泰山。在山东两个人一起寻仙访道，共写诗词歌赋。在这段相聚的日子里，杜甫共写给李白十多首诗词，李白也写出大量的诗词来记录他与杜甫之间的情谊。不仅如此，在杜甫父子的帮助下，初到兖州的李白，还娶妻生子，在兖州安了家。

本来，杜甫即便不走仕途，凭借家族的强大、父辈的呵护也可以衣食无忧，可天有不测风云，摇摇欲坠的大唐王朝大厦倾倒，开创了“开元盛世”的李隆基随着帝位的巩固、权力的集中，权利、欲望越来越强。到他执政晚期的时候，他整日贪图美色，越来越昏庸无道，当时民怨四起、暴乱不断。

## 自京赴奉先县咏怀五百字（节选）

杜甫

杜陵有布衣，老大意转拙。许身一何愚，窃比稷与契。
居然成濩落，白首甘契阔。盖棺事则已，此志常觊豁。
穷年忧黎元，叹息肠内热。取笑同学翁，浩歌弥激烈。
非无江海志，潇洒送日月。生逢尧舜君，不忍便永诀。

唐朝晚期，如杜甫、李白这样怀才不遇之人数不胜数，虽然在科考中他们的作品出类拔萃，但他们很多人都因为权臣当道而名落孙山，他们的才华就此被掩盖。而杜甫性格的刚直犯了官场大忌，再加上当时时局动荡，这些都注定了他的仕途将历经艰难险阻。

杜甫二十岁应试落第，后来又参加过两次科考，两次的主考官都是当时的权相李林甫，历史上最著名的一次因为应试发生的“野无遗贤”的闹剧，就是李林甫一手导演的。在这次应试中，所有参加科考的读书人全部落选，其中也包括杜甫。那时的杜甫，家境已经大不如从前，许多如他一般的寒门学子都被困在了长安，因为无法返回家乡，他们各谋生路，希望有朝一日能再参加科考，或者能返回家乡。

杜甫在长安一困便是十年。十年间，杜甫过得穷困潦倒，他毕竟没有如李白遇到贺知章一样的幸运，最终杜甫没有遇到伯乐，日子也越发地穷困潦倒。就在杜甫感觉前途无望的时候，一个机会呈现到了杜甫眼前。

在长安的十年里，满怀梦想的杜甫终于回到了现实，他心里明白，即便自己的文字再清高也不能喂饱自己，甚至不能圆自己回家的梦，所以他迎合当权者们的口味，写出了一篇对当权者极为赞赏，让当权者们极为舒服的《大礼赋》。果然这篇《大礼赋》传到李隆基手中时，字字句句都让李隆基喜欢，并下旨让他在集贤院等待，只等有合适的机会给他官职。最终满怀希望的杜甫还是失望了，因为管辖集贤院的人依然是李林甫，杜甫没有等来他所希望的一切。

就这样，四五年的时间又过去了。为了生计，为了能早日返回故乡，杜甫最后不得不去担任一个负责看守盔甲兵器、管理门禁锁钥的小吏。当他攒足路费返回家中时，他所企盼的全家团圆却被一场悲剧替代，满心欢喜的杜甫才刚刚走到家门口就听到了妻子的哭泣声，原来自己的小儿子饿死了。

悲痛的杜甫，想起自己这十五年来的遭遇，想到妻儿的悲凉，提笔写下了《自京赴奉先县咏怀五百字》这首诗，从这首长达五百多字的诗词里，我们读到了杜甫对妻儿深刻的爱与歉疚之情和生离死别的深切疼痛。在这次的经历后，杜甫越发忧国忧民，他的诗词风格产生了巨大的变化，每当有苦难落入眼底后，他都以诗或者词赋的形式记载下来，从他的诗词里，能清楚地判断到当时的事件经过与经历，所以人们又把杜甫的诗称之为“史诗”。

## 兵车行（节选）

杜甫

车辚辚，马萧萧，行人弓箭各在腰。

耶娘妻子走相送，尘埃不见咸阳桥。

牵衣顿足阑道哭，哭声直上干云霄。

道傍过者问行人，行人但云点行频。

由于朝廷的腐败，“安史之乱”爆发，杜甫一家为了逃避战争，全家搬到今天陕西富县的一个村落里。一路走来，杜甫看到的是战争导致的妻离子散、家破人亡的场景。在这段时间里，杜甫写出了大量如《兵车行》一般风格的诗词，内容写的都是民间疾苦、百姓遭殃的场景：“战车飞驰，战马嘶叫，行人把弓箭搭在腰上。被迫走向战场的男儿与亲人告别，扬起的飞沙遮挡住了咸阳桥。拉着衣服跺脚痛哭，悲伤的声音直冲云霄。逃难的人想问路怎么走，路人不知如何回答也只好低头走过。”

杜甫用《兵车行》雕刻出了一幅悲凉的画卷，战场上的厮杀声，家人离别的哭泣声，百姓不知道前路在何方的迷茫，无言行走的脚步声。这催人泪下的场景，怎能不让人动容。杜甫在这样的环境下所写的作品大多是上悯国难，下痛民穷。

是的，杜甫在逃难中，也被叛军抓住，只是因为他官职小，所以叛军并没有把他当成朝廷要犯关押起来，所以杜甫有更多的自由体察民间疾苦，在这一阶段里他写出了大量的爱国诗词。同时，当他冒险逃出长安的时候，他的才能和爱国情节终于被刚刚即位不久的肃宗认可，提拔他担任了左拾遗的职位。

## 登高

杜甫

风急天高猿啸哀，渚清沙白鸟飞回。

无边落木萧萧下，不尽长江滚滚来。

万里悲秋常作客，百年多病独登台。

艰难苦恨繁霜鬓，潦倒新停浊酒杯。

一个有骨气、有正义感的人，他的眼里装的永远是国家与百姓的疾苦。杜甫便是这样的人，当他满怀报国之心想为朝廷出一份力的时候，朝廷的腐败与昏庸却让时局更加动荡，杜甫内心痛苦不已，更不想与那些权臣们同流合污，他毅然决然地放弃了自己进一步提升的机会，放弃华州司功参军的职务，而是一路南下。

这一路走下来，烽火连天在杜甫的眼里变成满目的疮痍，生活是如此忧伤、沉闷，许多希望都是如此地渺茫、无望。战争就这样焦灼地进行着，一会儿叛军占领了城市，一会儿官兵又收复了失地，而那些遭殃的百姓们却一直是最为受害的大众。而此时，颠沛流离、生活在战争夹缝中的杜甫更是前途渺茫，正如他的这首《登高》一般，望着远处烟雨朦胧的风景，他的内心起了波澜："站在空旷的田野，月黑风高，时时听到猿猴鸣叫的声音，湖面上飞走的鸥鸟又飞了回来。在这落叶飞舞的时刻，滚滚长江水东流而去。距离家乡万里之外的我在悲月伤秋，拖着多病的身体独自站在高处。回忆这一路走来，经历了多少艰难险阻，岁月已经染白了两鬓，在贫困潦倒、流浪颠沛的时光里饮下浊酒一杯。"

这首《登高》是杜甫晚年的作品，他内心充满了对家乡的思念。因为思乡心切的杜甫踏上了回家的道路，一路走下来因为没有路费，他只好随着船家到处流浪，船到哪里，杜甫就到哪里，结果，他距离家乡却越来越远。

# 张九龄·山川历历在清晨

## 奉和圣制早发三乡山行

张九龄

羽卫森森西向秦，山川历历在清晨。
晴云稍卷寒岩树，宿雨能销御路尘。
圣德由来合天道，灵符即此应时巡。
遗贤一一皆羁致，犹欲高深访隐沦。

曾经创造“开元盛世”的李隆基，不知道因为什么原因晚节不保，让一个本来盛大的唐朝突然就摇摇欲坠起来？当李隆基兵败路过蜀地的时候，因为想起他在朝堂时对自己的直谏，悲痛不已，专程跑到曲江（今广东省韶关市）去祭奠他。此时的李隆基内心定是后悔不已的，当失去了，才知道这个人对自己有多么重要，也正是因为自己的昏庸，一时听了谗言，才把对大唐王朝忠心耿耿的良臣贬出京师，让本来一个盛大的王朝一夜之间变成如此模样。

唐玄宗李隆基专程去祭奠的人，就是他的尚书右丞相张九龄。当初他创造的“开元盛世”也正是在这样的大批良臣将相们的辅佐下完成的，此时的李隆基也深深明白，张九龄是盛唐时期的一个关键人物。张九龄的宦海沉浮，也正是李唐从盛世走向衰败的分水岭。

奉和圣制，指的是古代官员或者文人墨客根据皇帝的要求和诗写作的意思，所以从张九龄的这首《奉和圣制早发三乡山行》不难猜出，他是应了皇帝李隆基的要求来与其他大臣们作的一首和诗。从这首诗词的内容不难看出它的创作背景，这首诗词定是写于张九龄在长安做尚书右丞相时的作品。

这首七律虽然是应景之作，却同样用词考究、对仗工整，既赞美了高山大川的美好、国家防卫的严密，更是极力称赞了大唐盛世人们生活的安稳与幸福。尤其是当唐玄宗读到“圣德由来合天道，灵符即此应时巡”的句子时，更是心生欢喜，张九龄向来不会阿谀奉承，今天他能写出这样的句子，定是对自己治理朝政最大的肯定了。

那么张九龄到底经历了怎样的宦海浮沉，让他一路走到当朝宰相的位置，并能得到李隆基如此地信任？

## 春江晚景

张九龄

江林多秀发，云日复相鲜。

征路那逢此，春心益渺然。

兴来只自得，佳处莫能传。

薄暮津亭下，余花满客船。

美好落入内心充满爱与幸福之人的眼里就是诗、就是画、就是灵感迸发的源泉。张九龄这首诗的含义是：“江畔两岸树木茂盛，百花盛开，落日把天上的云朵也染成了彩色，风光无限好。在征途中遇到这样美丽的风景，心里顿时生出欢喜之情。望着这美好的春光，感觉赏心悦目，其中趣味妙不可言。远处，夕阳就落在江面上，余晖把江水染成彩色，包括水波都泛着金光。被风一吹，那些缤纷的花瓣伴着晚霞落入停在渡口的客船上，这样一幅绮丽迷人的景象，怎不让人赞叹。”

从张九龄这首《春江晚景》里，我们看到了一幅生机盎然、风光无限的春日图，这样的风景让走在征途上的张九龄心情大悦，提笔写下这首自然流畅、赏心悦目的诗。

张九龄出生于官宦世家，他聪明伶俐，从小就对诗词歌赋喜爱至极，他九岁就开始写诗，到了十三岁时他的文章便得到当朝宰相王方庆的赞赏。王方庆的鼓励让张九龄的内心充满希望，他希望有一天能用自己的才能报效国家。张九龄凭着他从小打下的扎实底子，加上出众的天赋，他的科举之路一帆风顺。公元 702 年，二十二岁的张九龄考中进士，被任命为校书郎。

此时，张九龄生命中又一重要的人物出现，当朝宰相张说因为得罪权贵，被流放的路上无意读到张九龄的文章，喜爱至极，并称赞张九龄的文章道：“有如轻缣素练，济时适用。”不仅如此，张说还亲自约见了张九龄，鼓励他积极进取，为国效劳。果然张九龄没有辜负张说的期望，五年后在京试中一举夺得状元，时为太子的李隆基选拔天下能人异士，张九龄高中状元，被正式任命为向皇帝进言的谏官右拾遗。在张九龄内心，本以为从此他可以在朝廷中大展宏图了，可却不知道事情并非如此。

# 二弟宰邑南海，见群雁南飞，因成咏以寄

张九龄

鸿雁自北来，嗷嗷度烟景。
常怀稻粱惠，岂惮江山永。
小大每相从，羽毛当自整。
双凫侣晨泛，独鹤参宵警。
为我更南飞，因书至梅岭。

张九龄的这首《二弟宰邑南海，见群雁南飞，因成咏以寄》是写给自己的二弟在唐朝曾担任四川节度使张九皋的一首诗，这首诗充满兄弟亲情和对往日美好时光的回忆。尤其是这句“小大每相从，羽毛当自整”。让我们看到一幅温馨而又美好的画面，哥哥带着弟弟玩得忘乎所以，结果弟弟的衣服脏了，哥哥便做出严肃的样子，让弟弟自己整理好衣衫。而这首诗词最后提到的梅岭，便是张九龄带着他的二弟张九皋、三弟张九章在唐朝修成的一条打通南北的要道。

李隆基没有登基前张九龄被任命为右拾遗，当他登基后又任命张九龄为左拾遗。一开始的时候，张九龄的进谏他都会采纳，可时间久了，宝座坐稳的李隆基的内心也开始有些膨胀，那些奉承他的话他听到心里非常舒服，可那些耿直的谏言让李隆基开始变得不耐烦了。当朝宰相姚崇是个极尽献媚之人，张九龄便向李隆基进谏：“远谄躁，进纯厚。封章直言，不协时宰。”结果受到姚崇的打压和排挤。

而此时张九龄的老母亲生病在家，他便以任职到期，要求卸去官职回家照顾母亲为由请辞，得到批准后，张九龄返回家乡岭南。当他的两个弟

弟听到张九龄返回家乡，并想为家乡修路的时候，他们也先后返回，想助自己的哥哥一臂之力。

梅岭，也称大庾岭。秦皇汉武时期，为了开疆拓土和军事需要，朝廷曾在梅岭山中开辟一条山路。但这条小路历经数百年的风雨侵蚀，年久失修，早已面目全非。肩挑背负的山民猎户，步履艰难。特别是那里地处僻静，远离村庄，经常有土匪占山为王，拦路打劫。因而，南来北往的贩夫走卒或旅客行商，都必须结伴走岗。否则，连身家性命都可能不保。

当张九龄把自己修梅岭之道的奏折送到朝廷的时候，立刻得到李隆基的肯定，并派来戍边的官兵听从张九龄调拨使用。张九龄身先士卒带人们一起修路、筑桥，经过一年多的时间大庾岭新路终于竣工。这条道路对岭南地区的开发，南北物资的交流，政治经济文化的繁荣发展，均具有极其重大的历史意义。韶州、虔州两地百姓为了答谢张九龄，特地送了一把“万人伞”给张九龄。张九龄顺利完成任务之后，撰写了《开凿大庾岭路序》表奏朝廷。

## 感遇十二首·其一

张九龄

兰叶春葳蕤，桂华秋皎洁。
欣欣此生意，自尔为佳节。
谁知林栖者，闻风坐相悦。
草木有本心，何求美人折。

张九龄的这组《感遇十二首》在文学历史的长河里，对后人有着深远的影响，张九龄在这十二首诗词中，借物寓情，抒发内心感受，尤其是他的《感遇十二首》中的第一首，给人留下的印象最为深刻。我们先来浅析一下《感遇十二首》之一的大致含义："春天里幽兰枝叶繁盛，秋天里桂花皎洁清香。这世间草木的勃勃生机，是顺应了大自然的规律和四季的更替。谁又能知道山林里隐逸的高人，闻到芬芳之后满怀喜悦的心情。草木散发香气源于它们的本性，怎么会求观赏者们攀折。"

这首小诗从春天兰花的幽香写到秋天桂花的盛开，而春天的兰与秋天的桂都是顺应了自然的规律，四季的更替而盛开怒放，然后作者笔锋一转，从景融入情，把山中归隐之人高尚的品行，不改变初心的品德写了出来。这首诗更是体现出了张九龄不变初心、不忘根本，永远保持高亮气节的精神。

张九龄本以为修好梅岭后就可以在故乡与亲人安度时光，可唐玄宗却又一道圣旨把张九龄召回了京城，并委以重任，而后张九龄一步步走向了宰相之位。作为心怀远大抱负的张九龄，官位的高低对他来说从来都不重要，他只是想要有个施展自己才华的平台。

张九龄的直言进谏最终还是触及了李隆基敏感的神经。唐开元十三年冬天，李隆基想举行盛大的泰山封禅仪式。结果张九龄极力反对，张九龄认为泰山封禅仪式极其铺张浪费、劳民伤财，这让李隆基的内心极为不舒服。后来张九龄又在用人方面多次与唐玄宗产生不同意见，尤其是李隆基想提拔李林甫的时候，满朝文武因为想到李林甫正当红之时，也能明白他是个心胸狭窄、报复心极强之人，所以没有人敢站出来反对。而张九龄却不顾这些，当着满朝文武官员，反对李隆基封李林甫为宰相。结果李隆基没有听他的，而是让李林甫走上了宰相之位，结果也正是李林甫的集权，让盛唐开始走向衰落。

张九龄是个政治触角非常敏感的政治家，他经过长期观察和分析，很快发现安禄山这个人的野心非常大，不是一个容易掌握和把控之人，如果朝廷继续给他军权，让他做大后，他定会谋反篡位，这样会严重威胁皇权的安全，必定让大唐走向动荡。他便向李隆基提出削去安禄山的一切职位，夺去他的兵权并把他诛杀，以早除祸患。但那时的安禄山正是李隆基眼前的红人，是杨贵妃极力推荐的人，所以李隆基没有听取张九龄的忠告，反而听了奸臣李林甫的谗言，说张九龄陷害忠良。

不久，李隆基就罢了张九龄的宰相之职，把他贬出了长安城。张九龄的话一语中的，果然几年后"安史之乱"爆发，鼎盛一时的唐王朝从此走向衰落。仓皇出逃到四川的李隆基，回想起张九龄当年的劝告，从内心发出了感慨："蜀道铃声此际念公真晚矣，曲江风度他年卜相孰如之。"

李隆基就是一个矛盾的主题，他怕张九龄看到他的内心，怕张九龄的言语如刺一般扎他的胸口，可他却又从内心渴望拥有像张九龄这样有政治眼光的人在朝堂前，所以每当有人举荐新官员的时候，他却又往往真情地说出"风度得如九龄否？"的话语。

## 望月怀远

张九龄

海上生明月，天涯共此时。
情人怨遥夜，竟夕起相思。
灭烛怜光满，披衣觉露滋。
不堪盈手赠，还寝梦佳期。

当张九龄把“海上生明月，天涯共此时”的千古绝句写进诗里的时候，他也给自己的政治生涯画上了圆满的一笔。张九龄内心孤寂，继续行走江湖，但他此时的内心坦然、坦荡，如他高洁的灵魂一般。

张九龄乘船离开长安的时候，送别张九龄的渡口人山人海。公元740年，他终于回到自己日思夜想的故乡，并在故乡的土地上永远地闭上了眼睛。

# 王昌龄·秦时明月汉时关

## 出塞二首

王昌龄

其一

秦时明月汉时关，万里长征人未还。
但使龙城飞将在，不教胡马度阴山。

其二

骝马新跨白玉鞍，战罢沙场月色寒。
城头铁鼓声犹震，匣里金刀血未干。

“这是秦朝时的明月，汉朝时的边关，守在边关征战沙场出征万里的军人还没有归来。如果曾经的飞虎将李广还在，绝不会让匈奴度过阴山。将军跨上用新白玉做成的马鞍，带领部队出征，战罢整个沙场安静到只剩下清寒的月色。城头上的鼓声好像还在回荡，刀匣里宝刀上的血迹仍然没干。”

从唐朝边塞诗人王昌龄的《出塞二首》里，我们看到了一个盛大的战争场景，这场景满目苍凉、悲壮而又凄惨，明月、边塞、士兵、跨在白玉鞍上的将军、回响的鼓声、流淌着鲜血的战刀。在这流传千古的诗里，不知道砸痛了多少父母的心，砸出了多少游子的泪，无情的战争让百姓妻离子散、家破人亡。士兵们早上还是鲜活的生命，晚上已经倒在了战争的血泊中。而这诗更是如警钟一般，时时让我们明白战争的残酷，和平对我们来说是多么珍贵。

那么王昌龄到底经历了怎样的事情，才让他写出流传千古让人如此难忘的诗句，让我们在这夜色中穿越时空回到唐朝，去看那个时代的故事。

## 郑县宿陶太公馆中赠冯六元二（节选）

王昌龄

儒有轻王侯，脱略当世务。本家蓝田下，非为渔弋故。

无何困躬耕，且欲驰永路。幽居与君近，出谷同所骛。

这首《郑县宿陶太公馆中赠冯六元二》是王昌龄早期的作品，从中我们不难猜出王昌龄是一个拥有广阔胸怀和远大抱负的人，他曾说过：“我有着远大的理想和目标，一心把报效国家作为己任。我本出身在乡村田野，没有做捕鱼射鸟的事情。我不想永远困在田间过男耕女织的生活，我想走上仕途为国效力。我隐居的地方距离你这么近，非常想与你一起登科及第。”

王昌龄并没有显赫的出身，身为平民的父母并不能给王昌龄提供良好的读书条件，但王昌龄并没有向现实妥协，他一边帮父母耕种，一边挤出时间读书，他盼望自己有朝一日能金榜题名，让自己一展宏图的同时也让家里的日子好过些。

凭着自己的努力，王昌龄年纪轻轻便能出口成章，写的诗词更是出类拔萃，得到世人的喜欢与赏识。但王昌龄并没有满足，他的志向在远方。果然，王昌龄为了让自己增长见识，十七岁那年就走出了家乡，开始四处游学。

## 芙蓉楼送辛渐

王昌龄

寒雨连江夜入吴，平明送客楚山孤。

洛阳亲友如相问，一片冰心在玉壶。

王昌龄的这首《芙蓉楼送辛渐》里的“洛阳亲友如相问，一片冰心在玉壶。”已成为千古佳句，被世人传颂。从这首诗词的含义可以看出王昌龄内心好像有不被人理解的痛，还有可以为了理想不畏艰难的决心，这首诗的含义是：“烟雨朦胧，一夜之间就荫翳了吴地的大江南北，踏着清晨的露珠送你离开，独自对着楚山眺望远方。辛渐啊，如若洛阳的亲友问起我，你要对他们说，我的心就如这晶莹透明的玉壶一般，坚守的信念从未改变。”

王昌龄的这首送别诗以景入情、以情言志，诗意舒缓又沧桑厚重，尤其是诗中不显山不露水的忧伤，再加上这首诗佳句天成、自然无瑕疵，直击人们灵魂的深处，最是能打动人心。

那时的唐朝还正是鼎盛时期，游历四方的王昌龄看到眼里的是一派繁荣昌盛的景象，这些景象激发出了王昌龄的无限灵感，他把自己爱山、爱水、热爱祖国一草一木的情怀都融入自己的诗里，他走到哪里就写到哪里，遍访志同道合的诗友，走遍祖国的名山大川。在这期间他认识了高适、王维、王之涣、孟浩然、岑参等众多在唐朝极具影响力的大文豪。王昌龄从十七岁走出故乡，短短几年里曾去嵩山探药学道，也曾走过太行山的蜿蜒小道，然后一路辗转又走过了西北河、陇边塞，到过萧关，他最为著名的边塞诗《塞下曲四首》也是在这个时期创作的。

一路游历，一路行走。公元727年，二十九岁的王昌龄终于让自己的脚步停在了宋朝文化的中心城市长安，他想从这里把自己放飞的心收回来，也想通过科举步入仕途，实现自己的远大抱负。而后，王昌龄在科举中脱颖而出，顺利考取了进士。考中进士的王昌龄满怀希望地等着任命，没过多久，王昌龄便收到了一个九品校书郎的委任状，但王昌龄的内心里是有些不满意的。

公元734年，已经三十六岁的王昌龄再一次参加了科举考试，并以其超凡绝伦的文字被选为“博学宏词科”，不久王昌龄被任命为河南道汜水县尉，在河南的这几年，算是王昌龄过的最为开心与快乐的时间，可这样的时间仅仅持续了五年。王昌龄性格直爽、为民办事，但这触及了当时一些达官显贵的利益，于是他们想尽各种办法诬陷王昌龄，结果王昌龄被贬岭南。

# 巴陵送李十二

王昌龄

摇曳巴陵洲渚分，清江传语便风闻。

山长不见秋城色，日暮蒹葭空水云。

巴陵就是现在的岳阳，王昌龄写这首《巴陵送李十二》是有故事的，王昌龄走到巴陵的时候，意外地与李白相遇，一个是“诗仙”，一个是“七绝圣人”，他们初次见面就感到非常投缘。在江边，两人荡舟轻游，把酒诗话，王昌龄挥笔就为李白写下了《巴陵送李十二》：“任小舟在巴陵的江面上漂荡，我们举杯畅饮，把酒诗话的声音落到远方，连清风都被我们相聚的喜悦所感染。这山长水远连秋色都来得迟了，在落日下只见芦花飘荡、芦荻飞扬，与空中的云朵在水际融为一体。在这水天一色的风景中，两个诗歌奇才就这样暂时忘记了人生的烦恼，举杯推盏，对酒当歌。”

其实，王昌龄不仅与李白交情深厚，他与高适、王之涣的情谊同样被世人谈为佳话，至今民间还流传着“旗亭画壁”的美好传说，其中王之涣的那首《凉州词》：“黄河远上白云间，一片孤城万仞山。羌笛何须怨杨柳，春风不度玉门关。”就是他们三人斗诗时的佳作。

写到这里，禁不住内心充满感慨。在历史的长河里，风沙曾掩埋了那么多优秀的作品，包括古代那些优秀小说和散文已经留存的少之又少，可唯独诗词歌赋的作品留存这么多，都是因为这些作品便于传唱，也正是一代又一代人的传唱让后人整理并留存下来。

# 送郭司仓

王昌龄

淮门映水绿，留骑主人心。
明月随良掾，春潮夜夜深。

王昌龄并不会想到，自己的这首《送郭司仓》五言诗，却成为他与尘世做的最后告白，他用深情换来一生流浪，用悲壮与凄凉写下生命的绝笔。

郭司仓是王昌龄的朋友，王昌龄所以写这首《送郭司仓》，是因为感谢郭司仓的盛情款待，可正是郭司仓的盛情却为王昌龄的生命画上了句号。

一心想从军边塞，为国出力的王昌龄，并没有盼来他所期望的，在他五十一岁的时候再一次被贬到龙标（今湖南省怀化市一带）。王昌龄历尽千山万水才终于到达被贬之地，可刚刚在龙标过了不到两年的安稳日子，摇摇欲坠的大唐王朝就爆发了安史之乱。

因为湖南距离故乡太远，王昌龄挂念家人，便离开龙标想回家与家人相聚。当时消息闭塞，当王昌龄走出龙标后，才知道已经天下大乱，内心知道自己回家难了。王昌龄一路上历经坎坷，当他走到濠州时（今安徽省凤阳县），已经身无分文。

王昌龄突然想到自己有一个姓郭的好友也在濠州，这个姓郭的朋友在州郡长官那里是一个“司仓”的职务，所以王昌龄便去投奔这个郭司仓。当郭姓朋友看到王昌龄的时候欣喜不已，对王昌龄热情招待，并带他游览濠州的山水风景。王昌龄为感谢郭姓朋友的招待，写下这首《送郭司仓》的诗词来答谢，只可惜王昌龄只写了朋友的官职，所以后人无从考究这位郭姓朋友的名字。

郭司仓的上司是刺史闾丘晓，此人是历史上诗人四大杀手之一，也正是他杀害了王昌龄，才让他的名字留了下来。闾丘晓是个嫉贤妒才之人，对王昌龄早就怀恨在心，当他得知自己的手下招待王昌龄之时，给王昌龄安了一个“弃职北行投敌未遂之罪”，把王昌龄送上了断头台。

王昌龄悲壮而又流浪的一生就这样被画上了残缺的一笔，包括唐朝那轮被诗人鲜血染红的月亮，也落下了泪水。

# 高适·莫愁前路无知己

## 别董大

高适

千里黄云白日曛，北风吹雁雪纷纷。

莫愁前路无知己，天下谁人不识君。

这世间，总是有这么多的离别让人愁肠百结，这世间总是有这么多的不如意筑成一张巨网，把内心的宏伟大志尽收里面，穷其一生都在努力挣扎，只为突破这张大网，让自己可以展翅飞翔。是的，只要我们内心坚持，就会有成功逆袭的机会。

出生在公元 704 年的高适，以写边塞诗而著名，与岑参、王昌龄、王之涣合称“边塞四诗人”。高适的《别董大》共有两首，这是其中的第一首，此首诗词用语精准而又奇妙，大气悠远中带着洒脱的气质：“千里黄云遮天蔽日，让整个天空都暗了下来，凌厉的北风吹着大雪四处飞扬，一只归雁在风雪中哀伤孤鸣。在这离别的时刻不要担心前路迷茫遇不到知心朋友，这天涯海角、四海之内谁不认识您呢？”

如果说别人的离别诗以缠绵悱恻、柔情似水而让世人愁肠百结的话，而高适的这首离别诗从写作手法上却是背道而行，用慷慨激昂、豪放华丽的笔调激励自己的朋友董大一定要坚定自己的信念，追求自己的信仰，只要不放弃，终有达成目标的一天。

那时的高适也处于贫困、窘迫之中，好友董大与高适同时都是被贬流浪之人，只是在路上巧合遇见，短暂的相聚后，两人又要各奔前程。那么高适究竟经历了什么事件而被贬的呢？又是什么让高适即便是被贬却也不丢失自己的信仰与理念呢？

## 燕歌行（节选）

高适

汉家烟尘在东北，汉将辞家破残贼。
男儿本自重横行，天子非常赐颜色。
摐金伐鼓下榆关，旌旆逶迤碣石间。
校尉羽书飞瀚海，单于猎火照狼山。
山川萧条极边土，胡骑凭陵杂风雨。
战士军前半死生，美人帐下犹歌舞。

高适之所以被世人称为边塞诗人，是因为他真实地生活在边关，用自己的笔记录下边关战士们真实的战争实况和生活场景。尤其他的这首《燕歌行》，可以说是高适边塞诗词的代表之作：“中原的烽火狼烟在祖国的东北方向再一次点燃，将领们告别家人奔赴战场。男儿的志向本就应该纵横沙场，何况天子又赐给了丰厚的奖励。敲鼓垒锤的声音响彻山海关，迎风飞舞的旌旗遍插碣石山。校尉快马飞奔把鸡毛信传来，匈奴单于的狼烟已经照亮狼山。荒芜而又萧条的山川河流满目凄凉，胡人骑兵刀剑厮杀声里夹杂着血雨腥风。大多数的战士已经战死沙场，而将军的帐前，却还时时传来美人们的歌舞声。”

此诗用鲜明的对比手法，把唐朝边境战斗的惨烈、战士的英勇和奢靡的官宦刻画得入木三分，将帅在营帐内歌舞升平的场景立刻展现在我们眼前。这样的场景怎么不让人把牙关咬起来，怎能不让人心痛到把拳头握起来？

高适虽然出生于官宦之家，但他的生活过的却并不富裕，那时他们的家境已经开始逐渐衰败，家里穷得一塌糊涂。然而年幼的高适并不在意这些，他的父亲从小便教导他：真正有志气的男儿并不以家庭生活的状况来决定，而是由他为自己制定的目标来决定。一个人如果抱着远大理想与目标，他绝对不会在贫困面前低头。也正是受了父亲性格的影响，高适从小性格开朗，爱交友，爱旅游，他身边的朋友都赞高适有游侠之风。

不到二十岁的高适已经走出故乡游历了祖国大好河山的许多风景。二十岁那年，他来到长安，开始为科考做准备，他一边在长安游历，一边为求得功名而努力学习。可是，天不遂人愿，高适在科考中落榜了，无奈的高适只好再一次游历民间。最后，高适让自己的脚步停在了河南商丘一带，这一待便是十年的时间。在这里他一边过着自给自足的生活，一边苦读诗书，等待机会再次参加科考。李少府曾经到商丘来拜访高适，高适在送给李少府的诗《途中酬李少府赠别之作》中曾写下过这样的诗句：“余亦惬所从，渔樵十二年。种瓜漆园里，凿井卢门边。去去勿重陈，生涯难勉旃。或期遇春事，与尔复周旋。”从诗里中我们不难猜出，那时的高适生活得非常穷困、窘迫，连生计都难以维持。

## 信安王幕府诗（节选）

高适

北伐声逾迈，东征务以专。讲戎喧涿野，料敌静居延。
军势持三略，兵戎自九天。朝瞻授钺去，时听偃戈旋。
大漠风沙里，长城雨雪边。云端临碣石，波际隐朝鲜。
夜壁冲高斗，寒空驻彩旃。倚弓玄兔月，饮马白狼川。

高适的这首《信安王幕府诗》，洋洋洒洒写了三百六十字之多，此诗用词铿锵有力，气势直冲云霄，读这样的诗真是给人鼓舞与激励。

是的，在河南商丘蜗居了十年的高适出发了，他北上蓟门，长途跋涉来到了边塞，他去边塞的原因是契丹背叛唐朝，唐玄宗下诏征讨。面对壮丽的山川和紧张的战局，他写下了“夜壁冲高斗，寒空驻彩旃。倚弓玄兔月，饮马白狼川”的诗句，他要让自己如汉代大将卫青、霍去病那样在边塞为国立功。为了实现梦想，高适投奔到当时负责驻防蓟门的信安王李祎的帐下，递上了《信安王幕府诗》，表达了自己入幕从戎的强烈愿望。

高适满怀希望，却抱着失望而归，李祎并没有把高适放在眼里，无奈的高适在边塞游走两年后，终因“北路无知己”而遗憾地结束了他的边塞征程。

回到中原后的高适，参加了两次科举，每次都名落孙山。其实，高适不中也在情理之中，因为那时的唐朝由杨国忠和李林甫弄权，参加应试的举子如果朝廷中没有权贵撑腰，自己的名字是很难被写到榜单之上的。最荒唐的事发生在天宝六年（747 年），李林甫一手导演的“野无遗贤”闹剧中，应试的举子中不仅有杜甫，高适也在其中。李林甫嫉贤妒能，那次参加考试的举子倒是不少，最终没有一个被录取。面对这场闹剧和丑闻，李林甫居然还上表向唐玄宗表示祝贺："天下贤士都在为国报效而没有遗漏，这是多么人尽其才、物尽其用啊！连尧舜明君都不能如此明察秋毫吧！"

一时前途迷茫的高适，再一次让自己游走于山水之间，在这期间，他与同样失落的李白、杜甫、王昌龄等都结下了深厚的情谊，他们以诗抒发自己内心的情感，在这期间高适写下了许多流传后世的佳作，如"暮天摇落伤怀抱，倚剑悲歌对秋草""斗酒相留醉复醒，悲歌数年泪如雨"等让人读后触动灵魂的诗都出自这个时期。

转眼已年过半百的高适，在名相张九龄的弟弟张九皋的推荐下，终于高中状元。但这时的高适仍然没有高兴起来，这个地方小官不是他想要的，他深感壮志难伸。而此时，整个大唐王朝也大厦将倾。

## 塞下曲

高适

结束浮云骏，翩翩出从戎。且凭天子怒，复倚将军雄。
万鼓雷殷地，千旗火生风。日轮驻霜戈，月魄悬雕弓。
青海阵云匝，黑山兵气冲。战酣太白高，战罢旄头空。
万里不惜死，一朝得成功。画图麒麟阁，入朝明光宫。
大笑向文士，一经何足穷。古人昧此道，往往成老翁。

李白、王昌龄都曾经与高适写过同题的《塞下曲》，他们的诗词各有千秋，各有所长。《塞下曲》豪情万丈、慷慨激昂，体现着高适希望为国尽忠的远大抱负。

高适的这首《塞下曲》写于安史之乱期间，当时指挥官哥舒翰制定的军事策略是避敌锋芒，坚守潼关。可奸相杨国忠却一直怂恿唐玄宗出关迎敌。哥舒翰被逼无奈，“恸哭出关”，最终兵败被俘，失望的哥舒翰变节投降，潼关失守，唐玄宗被迫出走四川。

此时，有许多朋友看唐朝气数已尽，都想着投奔自己心目中的名主，也有朋友劝高适与自己同时上路。可身在乱军中的高适并没有动摇自己的意志，他冒死抄小路追上了唐玄宗。此时，大臣们对哥舒翰是一片谩骂，高适却站出来说出了自己真正的看法：“哥舒翰一生忠义，因为策略错误才导致失败。监军李大宜不关心军务大事，每天歌舞娱乐，而士兵每天吃粗糙的饭食，尚且不能吃饱，要求这样的军队去拼死作战，失败当然就是很自然的事。我多次向宰相杨国忠说到这些事，他不肯听。所以陛下有今天的西行逃难，不值得深以为耻。”唐玄宗听后，感觉高适分析的非常有道理，便擢升他为谏议大夫。

安史之乱让盛世动荡起来，有些大臣便建议唐玄宗给各诸侯军事权力，并让他们镇守自己的封地，这样方便各诸侯有更大的调配军队的能力，可以及时平定反军。高适意识到如果这样分散军权，可能会让国家更混乱。他第一个站起来反对，并对唐玄宗道：“诸王分镇各地，很容易出现割据的局面，可能导致更大的混乱。”但唐玄宗并没有听取高适的建议，结果很快就引发了永王李璘叛乱。

此时，刚刚登基不久的唐肃宗立刻召集来高适，让高适给出谋划策。结果高适仔细分析了当前形势，果然让唐肃宗平定了永王之乱。因为这场功劳，让已经快到花甲之年的高适受到唐肃宗的重用，威望与日俱增。可随着高适官位的晋升，他性格里的直爽，一心为民着想的政治观念自然就影响了某些利益集团的利益，尤其是权臣李辅国对高适更是恨之入骨，于是在李辅国的陷害下，高适被贬。

而高适的才能恰恰是战乱时期朝廷所需要的。公元759年，蜀中大乱，已过花甲之年的高适再一次被朝廷重用，高适在蜀地调兵遣将，并很快平定叛乱，稳定了四川的局势。连高适自己都不会想到，前半生漂泊流浪、贫困潦倒，后半生却平步青云，晋封渤海县侯，竟然实现了人生理想。

## 昔游（节选）

杜甫

昔者与高李，晚登单父台。寒芜际碣石，万里风云来。

桑柘叶如雨，飞藿去裴回。清霜大泽冻，禽兽有馀哀。

杜甫的这首《昔游》回忆的是他与李白、高适相伴同游时的场景。李白在长安被唐玄宗赐金刘芳的途中与杜甫相遇，两人做伴到河南商丘的时候一起去拜访高适，三人醉心于山水风景之中，一起饮酒作诗、观山玩水，让他们之间建立下了真挚的情谊。

高适万万想不到，世事弄人，昔日的好友，却在十几年后的战场上刀兵相见。李白一生仕途不顺，对唐玄宗执政的王朝早就失去了信心，所以当永王李璘起兵，并盛邀李白加入的时候，怀才不遇的李白，像是抓到了救命稻草一般，不仅欣然前往，还满怀激情地写下了《永王东巡歌·永王正月东出师》：“永王正月东出师，天子遥分龙虎旗。楼船一举风波静，江汉翻为燕鹫池。”《永王东巡歌·试借君王玉马鞭》：“试借君王玉马鞭，指挥戎虏坐琼筵。南风一扫胡尘静，西入长安到日边。”

李白这两首诗立刻在民间疯传开来，李白只等永王有一天能登上长安大殿，让自己一展抱负，可李白万万没有想到，自己只不过又做了一场白日梦罢了。因为他的好友高适早已看穿永王李璘的野心，并为朝廷制定出来一系列击败永王的对策。而后永王被击败，李白也因“附逆”罪被关入死牢。此时的李白幡然醒悟，遂向高适求救。

面对李白的求救信，高适内心陷入矛盾之中，与私自己该救，可与公，作为一个军事家、政治家是万万不能的事情，最终面对李白的求救高适选择了沉默。高适并不是无情无义之人。高适入蜀担任彭州刺史的时候，听说杜甫在蜀地生活窘迫，不仅写诗寄给杜甫，并时常拿钱、拿粮接济杜甫，从他对杜甫的态度上，我们就能明白，他明白什么是大义。

比起其他一生郁郁不得志的文人们，高适可以说让自己来了一次华美的转身，让自己的命运成功来了一次大逆袭。

# 晏殊·玉蟾清冷桂花孤

## 中秋月

晏殊

十轮霜影转庭梧，此夕羁人独向隅。

未必素娥无怅恨，玉蟾清冷桂花孤。

古筝的清音才刚刚从江面上荫翳开来，你的眼眸打湿了月亮的目光。挑着帘栊的灯火与那棵千年银杏树对望，遗落在树上的那些唐诗宋词的韵角，只要一遇到风，便会沙沙作响。苍老的岁月，只是轻轻地咳嗽了一声，卧在历史扉页深处的故事便哗啦啦落了一地。

如若时光能倒流，我愿意回到繁华的汴梁，看你在皇宫大殿里与那些权臣们争短论长，看你在自己的府邸颐养天年，看你在他乡对着《中秋月》诉说思念：“月光连同霜雪的影子洒落庭院，庭院里梧桐树叶被风吹得沙沙作响，转眼我在异乡羁旅十年之久，望着这中秋夜的月光，叹息时光匆匆流逝，而我独坐这安静的一隅望着月影移动。遥看天上明月，想那月宫中的嫦娥，现在也未尝不感遗憾吧，陪伴她的，毕竟只有那清冷月亮和孤寂桂树。”

是的，这首《中秋月》出自北宋著名文学家、政治家晏殊之手，在宋朝的史册里，晏殊的地位是不可小觑的，他不仅有着杰出的政治贡献，更是有着杰出的文学贡献，他以词著于文坛，尤其擅长小令，风格婉约迤逦，与其子晏几道，被称为“大晏”和“小晏”，又与欧阳修并称“晏欧”，只可惜在烽火连天的历史长河里，他的大多数诗词都已经遗失不见。这样的遗憾对所有有杰出文学贡献的人一样，都是再也无法挽回的事实。

## 破阵子·春景

晏殊

燕子来时新社，梨花落后清明。池上碧苔三四点，叶底黄鹂一两声。日长飞絮轻。

巧笑东邻女伴，采桑径里逢迎。疑怪昨宵春梦好，元是今朝斗草赢。笑从双脸生。

这首《破阵子·春景》的大致含义是：“燕子飞来的时候正好赶上在太庙里祭祀，梨花纷纷落下的时候正好是清明时分。池中几片碧苔绿意盎然，树上的枝叶上缭绕着黄鹂美妙的歌声，风一吹柳絮便如雪花一般飘飞开来。在采桑归来的路上与东边的邻家女孩邂逅，她的笑让我感到美好而又幸福。怪不得昨天晚上我做了一个美梦，原来它是预兆我今天斗草获得胜利啊，不由得双颊上也浮现出了笑意。”

晏殊的这首《破阵子·春景》，写于清明时节，“破阵子”是词牌名，晏殊的这首词轻快活泼，语言流畅而又优美无限，满眼的梨花、满目的美景让人读来赏心悦目。是的，这就是晏殊诗词的写作风格，优美而又不失写真的画风，让人读了从内心生出醉意。可以说在晏殊的词中“燕子”这个吉祥如意的春天使者频频出现，晏殊高兴的时候，这些燕子是他词里的幸福音符；晏殊失意的时候，这些燕子便是他寂寞心灵的安慰。而燕子的性格也正是晏殊性格的写照，有才气而不张扬、不媚俗，性情豁达而又淡然。它们是报春的使者，是生命萌动时美妙的音符。

比起那些穷其一生都郁郁不得志、壮志难酬的文人雅士，晏殊的仕途要容易和顺利得多。晏殊五岁便能作诗，被人称为“神童”，声名远扬。晏殊十三岁的时候，当时名臣张知白正好到晏殊家乡巡视，很快就从当地人的口中听说了晏殊的故事，便约来晏殊并亲自接见，结果小晏殊说话条理清晰、文采飞扬，对他所提的问题都对答如流，欣喜之下的张知白便极力向朝廷推荐，在推荐信中对晏殊大加赞扬，称赞他为百年不遇的神童。

第二年，只有十四岁的晏殊便被皇帝宋真宗赵恒召见，真宗望着众多仕子中年龄最小的晏殊相貌俊秀、儒雅洒脱的模样，立刻就喜欢上了他，当真宗拿试题考试晏殊的时候，晏殊一看考题是自己曾经写过的题目《诗赋论》。晏殊对真宗道：“臣曾经做过这篇赋，不敢隐瞒，请换成其他题目吧。”真宗一听，对眼前这个孩子更加另眼相看，这孩子真是太少见了，既文才出众、淡定从容又诚实善良、性格谦和。于是又重新给晏殊命题，晏殊一挥而就，真宗亲自阅读晏殊的文章后，从口中一连喊出了三个“好”字，任命晏殊为秘书省，这个职位相当于我们现在国家图书馆或者中央研究院等刊校典籍的官职。派他去秘阁（宫廷藏书之处）读书，不仅如此，真宗还安排身边修《起居注》的大学者陈彭年亲自关注晏殊，一看他与什么样的人交往，二看他学问精进的如何，真宗被晏殊的人品与才气所折服，他要亲自来培养这个人才。只是短短两年的时间，十六岁的晏殊已经官至太常寺，这是一个掌管礼乐的最高行政机关职位。

公元 1018 年，真宗立他只有八岁的儿子赵祯为皇太子，接着任命只有二十岁的晏殊为户部员外郎并担任太子舍人官职。太子舍人虽然只是六品官，但这个官职却是专门针对太子设立的，相当于太子的秘书、伙伴、良师、益友，是对年少的储君影响最大的人。原来，宋真宗看到晏殊的第一眼，便已经注定了晏殊以后的命运，他投资晏殊十余年，就是为给储君谋此种人。事实证明真宗没有看错人，晏殊的博学与品德的高尚，让太子的文才一天天精进，晏殊性格的温和与平稳，让太子的性情也悄悄成熟与稳重，可以说晏殊的思想品德与文学才气都深深地影响到了后来的宋仁宗。

当只有十三岁的宋仁宗登基后，他对晏殊表现出来了极大的信任，每当自己有无法解决的问题时，总是喜欢悄悄写了字条向晏殊询问，晏殊帮仁宗解答完问题后，便会连同仁宗的字条一并封到奏章里还给仁宗，晏殊的忠诚与缜密，越发让仁宗信任，晏殊一路迁升，最后坐到了一人之下，万人之上的宰相宝座。

但无论你在仕途中如何的谨慎小心，常在河边走，哪有不湿鞋，晏殊的权位越高，让那些心怀不轨之人的眼睛也就越红。

## 浣溪沙·一曲新词酒一杯

晏殊

一曲新词酒一杯，去年天气旧亭台。夕阳西下几时回？

无可奈何花落去，似曾相识燕归来。小园香径独徘徊。

晏殊诗词风格的形成与他生活的年代、环境有着最为直接的关系，他从政的时代时局相对稳定，基本没有战乱发生，再加上他是一个性格内敛、为人处世谨慎之人，而宋朝本就是一个重文轻武的朝代，晏殊又是被皇帝看中亲手培养的人，所以他的诗词里很少看到情绪激昂时波澜壮阔的涌动，他的诗词落进读者的眼中，都如行云流水一般地优美与优雅，包括那些小忧伤都美得让人怦然心动。像他的这首《浣溪沙·一曲新词酒一杯》里绝美的佳句“无可奈何花落去，似曾相识燕归来”，已经深深烙进后世人的心里。在这工整、内敛、意境深远、韵味十足的长词、小令里，此时才真正让我们明白什么才是文字里的精神贵族。

在仁宗初登大宝的时候，因为年龄太小，当时的权臣宰相丁谓独揽大权，朝堂中那些文武百官都怕他的手段残忍敢怒而不敢言，此时为官一向低调的晏殊却大胆站出，提出了由刘太后垂帘听政的建议，立刻得到了群臣们的响应，解了大宋一次政权危机。

可随着晏殊的政治目光与刘太后政治目光的不同，两个人之间产生了矛盾，当时的权臣张耆极力讨好刘太后，刘太后也深深信任张耆，并打算任命他为枢密使，这个职位相当于我们现在的军委主席，掌握着军事大权。晏殊深知张耆的为人，认为让他掌握兵权定是后患无穷，便当着文武百官的面与刘太后据理力争，绝不同意张耆担任枢密使的职务。结果心情极不愉快的刘太后，便找了一个小理由，把晏殊贬到了今天的安徽宣城一带。

晏殊这首《浣溪沙·一曲新词酒一杯》便作于这个时期，本首诗词的大致含义是：“一杯美酒，一曲新词，眼前的景色与去年的景色没有什么不同，依然是亭台池榭落花逐水。西下的夕阳不知道什么时候才能返回？无可奈何中百花再一次凋零，似曾相识的春燕又回归而来，独自在花香小径里来回飞翔。”

虽然我们从诗词里看到了词人内心点点滴滴的忧伤、相思，连同时光一去不返时在词行里流淌的声音。但这些并不重要，因为晏殊一直把自己看做是一只燕子，向着春天飞翔，生命的绿芽会在自己内心一直成长，眼前的景色也会在千回百转中花团锦簇。

## 睢阳学舍书怀

范仲淹

白云无赖帝乡遥，汉苑谁人奏洞箫。
多难未应歌凤鸟，薄才犹可赋鹪鹩。
瓢思颜子心还乐，琴遇钟君恨即销。
但使斯文天未丧，涧松何必怨山苗。

这首《睢阳学舍书怀》出自北宋杰出的思想家、政治家、文学家范仲淹之手，该诗连用颜回箪食瓢饮不改其乐、伯牙巧遇知音钟子期、左思赋诗山苗荫涧松等典故，表达出来了范仲淹贫贱益奋不移的安邦之愿、穷且弥坚不坠青云之志的胸怀。

那时的范仲淹应晏殊之邀到睢阳学院担任老师，此诗就作于这个时期。睢阳书院又称应天府书院，与岳麓书院、白鹿洞书院和鹅湖书院并称为宋朝四大书院，是中国古代书院中唯一一个升级为国子监的书院。

晏殊被贬知宣州后，他并没有气馁也没有怨天尤人，他让自己积极投入到书院的发展与建设之中，大力扶持应天府书院，力邀范仲淹到书院讲学，培养了大批人才。这是自五代以来，学校屡遭禁废后，由晏殊开创大办教育之先河。到了庆历三年晏殊再任宰相时，又与枢密副使范仲淹一起，倡导州、县立学和改革教学内容，官学设教授。自此，京师至郡县，都设有官学。形成一种广兴文学的浪潮，这就是以晏殊为主角的，历史上有名的“庆历兴学”。

晏殊用他如炬的目光，为大宋朝输送了一大批优秀人才，像范仲淹、孔道辅、王安石等均出自他的门下，韩琦、富弼、欧阳修等也都得到过他的栽培和引荐，在大宋王朝的历史上，这些人都留下了不朽的伟大形象。后来，晏殊的得意弟子、宋朝名相富弼还成了晏殊的女婿。

在政治上，一代名相晏殊善知人、善辨人，他性格刚强率直，内敛豁达，待人以诚。虽然一生都集富贵于一身，但他生活却相当简朴，以廉洁著名。在文学上，他能诗、善词，文章典丽，书法皆工，而以词最为突出，有"宰相词人"之称。

写完晏珠的故事，禁不住内心生出了许多的坚定，只要心中坚守着一点期望、一份向往、一个信念，寒冬总会过去，燕子总会归来。就算一切苦难都是命中安排，人也当抗拒颓废，抗拒绝望，待机而动。在这初春的季节，寻着燕子飞过的影子，读读晏殊，你或许能更深地领悟两个词：超然、淡定。

# 陆游·将军不战空临边

## 关山月

陆游

和戎诏下十五年，将军不战空临边。
朱门沉沉按歌舞，厩马肥死弓断弦。
戍楼刁斗催落月，三十从军今白发。
笛里谁知壮士心，沙头空照征人骨。
中原干戈古亦闻，岂有逆胡传子孙！
遗民忍死望恢复，几处今宵垂泪痕。

当那粒雪花，落到最后一片叶子掌心的时候，有泪水荫翳了身体的脉络。它知道仰望永远是人生的一种姿态，现在它必须要如小舟一般，荡回故乡老屋的窗台上，让穿针引线的影子、让月光的影子连同那个身穿红衣，对自己深情款款的影子，同样可以铺展到自己的身体上，秋风吹起，相思把红豆染红。

掀开历史扉页的一角，一个诗人郁郁不得志的身影便成为一首古诗词的韵角，如一滴水墨一般滴落进岁月的长河中，荫翳进了荷塘的深处。

陆游出生于公元 1125 年，恰逢宋朝最为动荡不安的时期，金人南侵，国家风雨飘摇，陆游虽然家境殷实、书香门第，却也无法改变四处逃亡的命运，最后幸得舅舅唐诚一家的搭救，才让他们找到安身之所。在舅舅家里，让小小陆游开始与表妹唐琬青梅竹马地一起快乐成长，一起读书写诗。

在父亲陆宰和舅舅唐诚的教导下，陆游渐渐长大，并深受父亲和舅舅爱国思想的影响，再加上自身漂泊流浪的经历，让陆游对战争带给人们的灾害更为憎恨，他一心盼望自己快快长大去抵抗金兵报效国家。陆游的这首最为著名的《关山月》可以说是他爱国诗词之中的代表作品，这首诗词要表达的意思，我们一眼就能读明白："与金人议和的诏书已经下了十五年，将士们空空地守着边疆。高官贵族们雕龙刻凤的府邸中时常传出歌舞声，战场上弓弦朽断、马棚里的马早已饿死。边防驻军的瞭望楼上报更的刁斗把月色催落，我从三十岁参军到现在也已经白了头发。呜咽的笛声传来，谁又能猜透壮士们的心思，月光就照射在出征战死沙场的战士们的白骨上。中原上的战争从古代就有，但却从没有异族统治者能在中原占得一席之位。沦陷的人民忍着悲痛拼死抗争，希望有一天能恢复中原，你看不到今天晚上有多少人守着悲伤空空落泪。"

陆游这首《关山月》里的感情沉痛而又悲愤，本首诗词用对比的写作手法，把统治者在摇摇欲坠的江山里奢靡的生活画面，边关战士生命飘摇、衣不裹肤的悲凉画面一一呈现读者眼前，内心为国为民的担忧，恢复江山的无望，读到最后让人禁不住同诗人一起泪流满面。

## 示儿

陆游

死去元知万事空，但悲不见九州同。

王师北定中原日，家祭无忘告乃翁。

陆游留传后世的作品中，有大量的爱国诗篇，这篇《示儿》是陆游的人生路上的最后一笔，也是他的遗嘱。同样也是家喻户晓的一首爱国名篇，包括我们普通百姓家的七岁小儿都能随口吟咏而出。

这首小诗的字面含义也是非常浅显、易懂的："当我死后，我知道，我所追求的、喜爱的、厌恶的将都成空，但我唯一感觉痛心的，就是我没能亲眼看到祖国的统一。我希望我的朋友、亲人，当我们的国家收复中原胜利之日，你们不要忘记前来告诉我一声这个好消息。"

当一个国家就要走向灭亡的时候，往往是那些身怀报国热情的人们最艰苦、最不得志的时候，而陆游就不幸地生活在了这样的年代里，陆游积极地抗战心态与议和派们格格不入，所以，这也注定了他仕途的坎坷与不顺利。

陆游的父亲陆宰思想积极向上，曾官任淮南路计度转运副使等职，同陆宰交往的朋友也都是忧国忧民的仁人志士，他们经常聚在陆游家里谈论国家大事。每当激动之处，他们有时候也会怒发冲冠、义愤填膺、怆然涕下。少年陆游看到这些景象，深深地被父辈们的爱国激情所感动，也正是这样的潜移默化、耳濡目染让陆游立下了"上马击狂胡，下马草军书"的报国壮志。

比那些为了进入仕途而苦读诗书参赛应试的爱国人士，陆游进入仕途算是比较顺利的，因为有祖辈们的护佑，不到二十岁的陆游便被授予登仕郎之职。登仕郎在宋朝属于正九品官，掌管宗卷、钱穀的属吏。一进入仕途，陆游才知道，理想很丰满、现实太骨感的真实含义，越往前走，越感觉自己距离理想越来越远。而他二十八岁在应试中高中状元，不是他实现报国热情的开始，而是他以后厄运的开始，因为在那次应试中，奸相秦桧的孙子秦埙也是其中一员，当陆游以绝对优势战胜秦埙的时候，主和派秦桧对陆游便耿耿于怀，当他听说陆游又是主战派的时候，大宋一代状元郎并没有等来他理想的官位，而是让秦桧悄悄把陆游的名字拿了下来。就这样，陆游一直等了五年之久，公元 1158 年，秦桧去世，陆游才被委以大理寺司直兼宗正簿的职务。

可陆游与朝中大臣联手积极抗击金兵的思想，并不能得到皇帝的认可，很快就被贬出了京城，可即便这样，陆游并不放弃哪怕是一线的希望，无论他被贬到何地，都会游走于爱国将士之间，与他们一起共谋收复失地的策略。尤其是他在蜀地，也就是今天的四川一代八年的时间里，与爱国将领范成大成为知己，两人以诗交心，力主抗击金兵，在这期间他与范成大写下大量爱国诗篇。所以后人又把陆游、杨万里、范成大、尤袤称为“中兴四大诗人”。

公元 1165 年，陆游调任隆兴府通判。主和派心怀不良，进言朝廷说陆游“结交谏官、鼓唱是非，力说张浚用兵”，这样的谏言，深深刺痛了朝廷的神经，罢免了陆游的官职，就这样，刚刚四十岁的陆游永远结束了他的仕途。

## 钗头凤·红酥手

陆游

红酥手，黄縢酒，满城春色宫墙柳。东风恶，欢情薄。一怀愁绪，几年离索。错、错、错。

春如旧，人空瘦，泪痕红浥鲛绡透。桃花落，闲池阁。山盟虽在，锦书难托。莫、莫、莫！

## 钗头凤·世情薄

唐琬

世情薄，人情恶。雨送黄昏花易落。晓风乾，泪痕残。欲笺心事，独语斜阑。难、难、难。

人成各，今非昨。病魂尝似秋千索。角声寒，夜阑珊。怕人寻问，咽泪装欢。瞒、瞒、瞒。

在整个大宋年间，有两大离婚奇案，成为文学历史长河里最为哀怨的一笔。第一个离婚案是古代四大才女之一李清照与自己的第二任丈夫张汝舟的离婚案，因为张汝舟娶李清照本就是怀有不良目的，所以他们的婚姻注定不会幸福，也注定了不甘屈辱的李清照会与他离婚，这场离婚案让本就晚景凄凉的李清照锒铛入狱。而第二个离婚案便是陆游与自己表妹唐琬的离婚案，陆游与表妹唐琬的爱情悲剧，是当时封建制度与封建思想最为真实的写照。

陆游与唐琬对和的这两首流传千古描写爱情悲剧的《钗头凤》，是陆游和唐琬分别多年后，回到故乡的陆游独自一人漫游沈园时，无意中在沈园里与唐琬偶然相遇，陆游情不自禁，一时间两人四目相对，似有千言万语涌上心头，就这样两个人呆呆地站了许久，然后唐琬的现任相公赵世诚便允许唐琬送给陆游一杯酒喝，陆游饮下酒后，唐琬转身离开，对感情不能自拔的陆游便在沈园的墙壁上题下这首《钗头凤·红酥手》：

“自己昔日的恋人在百花盛开的陌上用红润酥软的纤指，捧着一杯美酒向自己走来，可是一阵巨大的东风瞬间吹散了这片刻的欢情，吹落了百花，吹走了爱情里的春天，让一对恩爱的情侣从此分离，转眼就是十年的离别。千错万错，都是我的错。春天还是那个春天，只是人因为思念而让身体柔弱多病了起来。被胭脂所染的泪水都变成了红色，连手帕都湿透了。昔日的誓言似乎还在耳畔回荡，但却难以把相思寄出。唉，算了，不说了，不说了，不说了。”

陆游在此词的最后，一连用了三个“莫、莫、莫”，让人读了禁不住心就被揪了起来，在这诗词里隐藏着怎样的身不由己与情感的深痛呢？

其实，转身离开的唐琬并没有走多远就又转身回来，当她看到陆游题到墙壁上的诗词时，心痛地都起了褶子，回家后在自己的手帕上写下了《钗头凤·世情薄》应和陆游。可以说这首词交织着唐琬所有复杂的感情与内心对陆游爱的执着与思念，在这首词里，唐琬先是抒写了对封建礼教支配下的世故人情的愤恨之情，世情所以薄，人情所以恶，皆因这爱情受到了封建礼教的腐蚀。黄昏时分的雨水打湿了的花花草草，经风一吹，已经干了，而自己流淌了一夜的泪水，至天明时分，犹擦而未干，残痕仍在。提笔想对心爱的人儿诉说一下心事，却发现自己所爱的人早已不在身边。最后三个“难”字，是唐琬内心最深刻的叹息之声，声声含泪，字字忧伤。

唐琬在写完这首词后，因为思念病情越发严重，长长的夜里无法入眠。结句以三个“瞒”字作结，再次与开头相呼应。既然可恶的封建礼教不允许纯洁高尚的爱情存在，那就把它珍藏在心底吧！愈瞒，愈能看出她对陆游的一往情深和矢志不渝的忠诚。唐琬的心是悲切的，是无奈的，自从与陆游在沈园相见后，如得了相思病一般，从此卧床不起，不到一年的时间便离开了这个充满悲情的人世间。

是的，陆游与唐琬的婚姻是被陆游的母亲活生生给拆散的，因为唐琬的美丽让陆母心里不安，她完全忽略掉了唐琬的温柔、善良，完全忽略掉了陆游与唐琬之间真挚的爱情，找各种理由硬生生拆散了陆游与唐琬的婚姻。让两人留下了终身的遗憾，并从此生活在相思之中。

## 沈园怀旧二首

一、

城上斜阳画角哀，沈园非复旧池台。
伤心桥下春波绿，曾是惊鸿照影来。

二、

梦断香消四十年，沈园柳老不吹绵。
此身行在稽山土，犹吊遗踪一泫然。

陆游从四十岁回到故乡，便再不肯离开，因为这里留有他与唐琬最为美好的回忆，因为沈园里有唐琬美丽的身影，回到故乡的陆游只要得空便会在沈园一坐好久，这两首《沈园怀旧》是陆游八十五岁时的作品，那日的陆游大病初愈，一个人再一次走进了沈园，并一坐就是大半天，当他迷迷糊糊眯起眼睛的时候，突然就看到唐琬身穿红衣微笑着向自己走来，陆游也伸出手，拉住了唐琬的手。

在那充满花香的陌上，陆游看到唐琬的笑容灿烂到可以让人的心开出花来，那花开的声音美妙极了，也动听极了。陆游最后在沈园的墙壁上题下此诗，这也是他写给唐琬最后的相思与回忆。

回去后，陆游便倒在床上再没有起来。不久，这个伟大的爱国诗人，带着自己爱情的遗憾在悲凉之中，与这个尘世做了永远的告别，在告别的时候，他留下最后的绝笔是《示儿》，他希望有一天祖国的河山统一了，让自己的孩子在祭奠自己的时候，一定要告诉他。

# 朱熹·为有源头活水来

## 观书有感

朱熹

半亩方塘一鉴开，天光云影共徘徊。

问渠那得清如许？为有源头活水来。

这首《观书有感》用的是隐喻的写作手法，让人们从中明白唯有诗书是知识的源头。此诗用词优美、婉约而又充满哲思，不仅让读者展开丰富的联想，更是启发读者的智慧：“半亩方形的池塘水像镜子一般清澈透明，飘浮的云朵、明媚的阳光都在镜子中一起移动。你如果要问这池塘里的水为什么总是这么清澈？那是因为永不枯竭的源头为它输送来源源不断的活水啊。”

本首诗以方塘作为参照物，形象地表达出了诗人在读书过程中体会到的一种无以言表的感受与感想。池塘并不是一泓死水，而是常有活水注入，因此像明镜一样，清澈见底，映照着天光云影。这种情景和一个人在读书中突然解决了一道极为难解的题、获得新知而豁然顿悟大有收益时的情形颇为相似。这首诗所表现出来的读书有悟、有得时的那种灵气流动、思路明畅、精神清新、活泼而自由自在的境界，正是作者作为一位大学问家切身体会。

对这首《观书有感》的作者名字并不陌生，因为在自己小时候就听爸爸讲过他遗落在民间的传奇故事：

宋朝有个大思想家朱熹，有一天到他的朋友盛温如家里做客，而盛温如正好提着篮子要上街。朱熹就问盛温如，你要做什么去啊。盛温如说要上街买东西。朱熹便故意又问道为什么是买东西而不是买南北呢，买南北不可以吗？盛温如一听认真地解释道：“当然不可以，东方属木，西方属金，凡属金木之类可以装在篮子里；南方属火，北方属水，这篮子装不得水火之类，所以只能买东西而不能买南北。”朱熹听了连连点头。从此，人们都把采购货物称之为买东西，而东西也就成了中国人对各类物品的代名词。

等渐渐长大，才知道朱熹不仅仅只是大思想家，原来他还是理学家、哲学家、教育家、诗人、闽学派的代表人物、被世人称为朱子，是继孔子、孟子以来最杰出的儒学的大师，是他把理学发展到极致。他认为“理”是天地万物的创造主，“未有天地之先，毕竟也只是理，有此理便有此天地。若无此理，便亦无天地，无人无物，都无该载了。有理便有气流行发育万物”，朱熹的这种客观唯心主义思想对后世的影响非常深远。

那么朱熹为什么会对世间万物有如此深刻的理解与研究？在他追求人生理想与目标的路上，与谁相遇，与谁结缘，谁是他的贵人，又是谁对他排挤打压？

# 感事

朱熹

闻说淮南路，胡尘满眼黄。弃躯惭国士，尝胆念君王。

却敌非干橹，信威藉纪纲。丹心危欲折，伫立但彷徨。

宋朝时的中原是一个经济大国、文化大国，可却又是一个军事小国，因宋朝重文轻武，让整个宋朝内忧外患不断，也正是因为他的特殊性，形成了求和派与主战派两大派之间的矛盾与斗争，也造就了一大批抗金护国的英雄，朱熹的这组《次子有闻捷韵四首》就是在这样的背景下写作而成的。

朱熹的父亲朱松是北宋较为知名的理学家，因为他与主战派的同僚们上书弹劾秦桧，而触怒秦桧被贬出京城，于公元 1143 年郁郁而死。那时的朱熹才刚刚十岁，朱松把朱熹托付给自己的好友刘子羽、刘勉之、胡宪三位学识渊博的朋友代为教育。与朱松有着深厚情谊的刘子羽视朱熹如己出，在自己家的旁边帮朱熹一家又建了一座院落，为其取名“紫阳楼”，并收朱熹为义子。刘勉之和胡宪更是不负好友所托，把自己毕生所学倾囊相授。而朱熹也没有辜负父亲和师父们的期望，小小年龄便取得了傲人的成绩。朱熹十七岁中举人，十八岁中进士，从此开始了他的仕途之旅。

朱熹深受父亲、义父、几位师父和身边爱国同僚的影响，他一进入仕途，便主张抗金，并向朝廷进谏抗金的计划与谋略，朱熹作这首《感事》的时间大概是 1161 年的秋天，金主完颜亮以“提兵百万西湖侧，立马吴山第一峰”之势领兵南下，妄图一举歼灭南宋。开战之初，直逼两淮，朱熹内心担忧无比，作《感事》以抒发内心情怀：“听说胡人的铁蹄踏过淮河以南的地区，扬起漫天的黄沙。我愿把自己的身躯捐献给国家，努力抗击敌人以报答祖国。我们要用武力击退金兵，以彰显我大宋王朝的国威。我怕自己一片赤诚之心报国无门，望着祖国的南方久久站立，内心充满迷茫与徘徊。”

从这首《感事》，我们可以清晰地看到朱熹的心理变化，他对国家的命运与前途充满担忧，一心想要报效国家，可主和派从中作梗，让自己的一片赤诚之心付诸东流。整首诗以抒情、叙事为主，运用了借代、对仗、用典等诗词常用的修辞手法，诗词的用词言简意赅，给人警醒，如颔联“惭”字，既表达了对爱国人士的崇高敬意，又暗示自己的报国之忧。而诗词中的这个“念”字，委婉讽谏孝宗效法越王勾践，可谓寄慨遥深；尾联“折”字更是表达了诗人一片丹心备受煎熬的强烈情感。

是的，正是因为朱熹坚决抗击金兵，而受到掌权者主和派的打压与排挤，让朱熹壮志难伸，他的学说更是被那些主和派们污蔑为“伪学”。报国无门的朱熹离开东京汴梁，临行与好友告别时，朱熹在给朋友的辞别信中写出自己的心声。

## 白鹿洞书院

朱熹

昔人读书处，町疃白鹿场。世道有升降，兹焉更表章。
矧今中兴年，治具一以张。弦歌独不嗣，山水无辉光。
荒榛适剪除，圣谟已汪洋。亦有皇华使，肯来登此堂。
问俗良恳恻，怀贤增慨慷。雅歌有余韵，绝学何能忘。

一个心怀大志的人是不会向挫折低头的，既然无法亲自向前线杀敌，朱熹便走向地方，为百姓做实实在在的事情，研究自己的学术，给后人做贡献。据方彦寿在他的《朱熹书院门人考》统计，与朱熹生平有关的书院共有 67 所，其中他参与创建了 4 所，修复了 3 所。当时朱熹亲自参与修建的白鹿洞书院最为有名，书院建成之日朱熹欣喜不已，提笔写下《白鹿洞书院》，本首诗词旁征博引，寓意白鹿洞书院就是一个天下学子读书学习的好地方，自己将会在书院里潜心学习，把毕生所学传授下去。

朱熹潜心学问，拜著名道学家程颐的再传弟子李侗为师，为了表达自己的诚意，他步行一百多里去拜访李侗，李侗被朱熹的诚意、聪慧和心怀家国天下的胸怀所深深打动，倾自己毕生所学传授给朱熹，从此朱熹集众家所长，集成自己的一套客观唯心主义思想——理学。朱熹提倡的理学核心思想是：“理是事物的规律，是伦理、道德的基本准则，理是先于自然现象和社会现象的形而上者。”

当时朱熹的理学，与陆九渊的“心学”最为知名，两个学派更是各有理论、各有所长，也都各自相互不服气，所以两个学派也产生了学术争论。公元 1175 年，浙江金华的婺学代表人物吕祖谦为了调解朱熹与陆九渊两派之间的学术争执，邀请朱熹、陆九龄、陆九渊兄弟到鹅湖寺相会，这也是历史上最著名的学术大会“鹅湖诗会”。

## 菩萨蛮

朱熹

暮江寒碧萦长路，路长萦碧寒江暮。

花坞夕阳斜，斜阳夕坞花。

客愁无胜集，集胜无愁客。

醒似醉多情，情多醉似醒。

“暮色落在江面上，薄薄的烟雾缭绕着暮色下的江水，蜿蜒的小路一眼望不到尽头，没有了昨日的碧绿，只有萧瑟的秋风吹来阵阵寒冷。斜斜的夕阳落在花坞巷，让人的内心生出无限惆怅。游子内心的愁绪多了相思，相思总是不愿意离开游子的身旁。清醒的时候好似醉了一样多愁善感，我多愁善感的醉着如同醒着一般。”

朱熹的这首《菩萨蛮》一扫他平常睿智、充满哲思的写作手法，而是多了相思之苦、多了忧伤的低吟浅唱，从诗里词句中，我们看到了一代儒学大师的泪水在流淌。是的，漂泊一生的朱熹经历了人生的大起大落后，累了也倦了。他思念故乡，思念家人与妻儿。

朱熹的启蒙老师是刘子羽、刘勉之和胡宪，其中刘子羽收朱熹为义子，而刘勉之对朱熹的关爱也是一点不少于刘子羽的，等朱熹渐渐长大，刘勉之把自己的女儿许配给朱熹为妻，婚后两人生儿育女恩爱有加。也正是因为婚姻的美满，家庭生活的幸福，让朱熹在他的理学中主张人有固定的配偶而不能淫乱，他在解读《诗经》里的《关雎》篇中，曾说过这样的话：“生有定偶而不相乱，偶常相随而不相狎。”从朱熹的学术里我们足可以看到他对女子的尊重和敬爱。

可就是这样，最后那些对他怀恨在心，栽赃陷害他的人却依然造谣他与尼姑有染，与自己的儿媳通奸。在《宋史》第三十七卷记载：“监察御史沈继祖劾朱熹，诏落熹秘阁修撰，罢宫观。”监察御史沈继祖弹劾朱熹十大罪状，如“不敬于君”“不忠于国”“玩侮朝廷”“为害风教”“私故人财”等等，其实这只是历史上一次著名的政党之争的事件“庆元党案”，朱熹只是牺牲品罢了。

这场残酷的清算让朱熹不堪重负，其身体每况愈下，已经六十七岁的朱熹知道自己的时日不多，也没有那么多的时间为自己的清白做争辩，屏蔽掉外界一切的纷扰，拖着病体没日没夜地作书、写文章，只想将自己一生所学能留传给后世，能对后人有所帮助。七十一岁的朱熹因为常年用眼，双目失明，却还是灵感涌发，可病魔的恶爪却紧紧抓住他不放，终于在他七十一岁的那年春天，让这位伟大的老人永远闭上了双目。

# 第三章　花香缠指绕

当紫色的藤蔓抽出新芽，
指上弹弦，春风就锁住了尘世的繁华。
摘下你挂在眉梢的轻愁，
千娇百媚的一个回眸，让遍地相思都开了花。
微凉的青春，变薄的年华。
爱了、倦了、疲了、累了。
一朵桃花，在春天生发。

唐诗宋词里，美景如画。
这尘世的缘分浅了、淡了、简了、繁了。
那些风景、那些诗情，
一枝枝、一朵朵开成无限的荒涯。
长风万里，剪一段时光，裁一朵不瘦的年华。

# 刘禹锡·东边日出西边雨

## 乌衣巷

刘禹锡

朱雀桥边野草花，乌衣巷口夕阳斜。
旧时王谢堂前燕，飞入寻常百姓家。

“残阳、野草、碎花，沧海桑田抚过荒凉的朱雀桥，点点落晖就照在了乌衣巷口。从前在王谢堂里筑巢的那些燕子，今天却早已迁移到寻常百姓家里去了。”

唐朝文学家、哲学家、诗人刘禹锡的这首著名诗词《乌衣巷》可以说一直到现在都是妇孺皆知的名作，寥寥二十八个字，却是写尽了人世的繁华与荒凉，把沧海桑田的一个轮回呈现在了人们的面前。在走马观花的繁华中，那些遗落在历史长卷里的诗行，沉浮在起起落落的岁月长河之里，提着一盏秋灯前行，照亮冬天、照亮荒芜，想把人间最美的风景与最美的爱情挂到春天的枝头。

出生于公元772年的刘禹锡，字梦得，洛阳人，唐朝文学家、哲学家，有“诗豪”之称。与柳宗元并称“刘柳”，与韦应物、白居易合称“三杰”，并与白居易合称“刘白”，有《陋室铭》《竹枝词》《杨柳枝词》《乌衣巷》等名篇，哲学著作《天论》三篇。

生活在大唐盛世、和平年代的刘禹锡，仕途上同样是起起落落，也正是这起起落落的仕途，让他不是正在被罢官，就是走在被罢官的路上。他一路走，一路结交文人墨客，一路写着人间风景的繁华与寥落。

他的这首《乌衣巷》是走在上任的途中，路过金陵时写了一组《金陵五题》，其中第二首就是广为流传的《乌衣巷》。本首诗所描述的故事就是住在乌衣巷里王姓与谢姓两个大家族的繁华与没落，这两个家族在东晋初年，盛极一时，走过朱雀桥要去乌衣巷的豪车骏马来来往往、川流不息，呈现出一副空前的繁华景象。但到了唐朝中期，也就是刘禹锡路过时，看到的却是野草荒芜、人烟冷落、枯藤、老树、昏鸦沉睡的景象。望着眼前风景的凄惨与悲凉，再想想往日的繁华与奢靡，刘禹锡禁不住心生感慨，挥笔而成这首千古绝唱。

在盛世王朝为官的文人墨客们好像都有一个通病，一生总是起起落落，因为文人们内心完美而又充满想象的世界总是与现实的政治立场相冲突的，刘禹锡也不例外。但这些具有真正才气、胸怀豁达的君子们，却又是容易知足的。他们随遇而安的性格伴随一路走来的风景，往往会让他们忘记了被贬职、被罢官的失意与落寞。

作为哲学家的刘禹锡，是一个唯物主义者，不信因果轮回，不信神灵鬼怪。并且从实践出发，著有理论性极强的哲学著作《天论》三篇，在此书里他论述了大自然的物质性，分析“天命论”根源的产生，把这个本就是物质的世界阐释得非常精准。所以刘禹锡有着自己明确的梦想与追求，他知道自己要的是什么，在不同的环境里，怎么样生活。从他的文字里，更是能看出他思想的开阔与洒脱。

# 陋室铭

刘禹锡

山不在高，有仙则名。水不在深，有龙则灵。

斯是陋室，惟吾德馨。苔痕上阶绿，草色入帘青。

谈笑有鸿儒，往来无白丁。可以调素琴，阅金经。

无丝竹之乱耳，无案牍之劳形。

南阳诸葛庐，西蜀子云亭。孔子云：何陋之有？

相信我们都对刘禹锡的这篇《陋室铭》很熟悉，关键时刻还能在人生不如意的时候把这句名言警句“山不在高，有仙则名。水不在深，有龙则灵”，作为激励自己怀才不遇时的座右铭，挂在斗室，或者铭记心中。

读着这样声、色、香俱全的诗行，你能看到作者的胸怀有多么开阔与坦荡吗？生活的艰辛、权势、名利早被他抛到脑后、置之度外，把一幅盛大的优美画卷从诗行里荫翳开来：“山不在于它的高低，只要有仙风道骨的人居住在那里就会名气外扬。水不在于它的深浅，只要有龙居住在里面就会充满灵气。我居住的是一座简单的草房，但因为它的主人品德高尚而不再显得简陋。台阶上有浅浅的苔痕，青青的草色倒映在帘栊。在房间里谈笑风生的都是有着渊博知识的人，来来往往从这里进出的没有一个是知识浅薄、品德低下之人。可以弹弹六弦琴，读读金刚经。没有丝竹之声来扰乱这里的美好与安静，没有官府里的公文使我们的身体劳累。在南阳有诸葛亮的草庐，西蜀有子云的茅草亭。孔子说：这又有什么简陋的呢？”

刘禹锡的这首《陋室铭》写在他被贬安徽和州县任职期间，他当时职位是通判，相当于现在副县级的干部，所以他应该能分配到一处不错的居所，但和州县令是个势利之人，看刘禹锡已经失势，所以故意分给了他一所只有三间屋子那么大小的偏僻居处。刘禹锡面对这势利小人的刁难是不屑一顾的，这居处虽然偏僻，却是依山傍水、空气清新，反倒让刘禹锡心里舒畅无比，便写了一副“面对大江观白帆，身在和州思争辩”的对联贴到了门上。

当那知县听说后，非常恼怒，以为是刘禹锡是在讽刺他，便又生气地收回他的三间，只给他一间半非常简陋的居室。而刘禹锡光明磊落、胸怀坦荡的性格岂会被这小人作为所影响，他依然自得其乐，又写了一副“垂柳青青江水边，人在历阳心在京”的对联贴到了门上。

当那知县再一次听说后，更是恼羞成怒，一不做二不休，又收回了刘禹锡那一间半房子，给了他一处只能容一张床、一张桌、一把椅子的小空间，他就不信刘禹锡能不求他，不去找他理论，如果找了，他就可以好好地侮辱一下清高的刘禹锡。结果刘禹锡不但没有去找他，反而写出了千古励志第一美文《陋室铭》。刘禹锡用哲学家的目光望着这个世界的繁华与凋落，坦然面对着自己人生的大起大落。面对人世沧桑，他遵从的永远是自己的初心。

## 《谪居悼往二首》其一

刘禹锡

悒悒何悒悒，长沙地卑湿。楼上见春多，花前恨风急。

猿愁肠断叫，鹤病翘趾立。牛衣独自眠，谁哀仲卿泣。

我们先来浅析一下刘禹锡的这首《谪居悼往二首》："为什么忧伤的背后还是忧伤，长沙飞舞，潮湿的空气轻轻一捏便会渗出水来。路过楼上的春天走了又来，可那些花却恨风吹得太急。忧伤断肠的猿猴对着长空哀哀鸣叫，生病的仙鹤立起自己的趾。长长夜色躺在牛衣中独自成眠，谁还会再如此哀怜我的处境为我伤心哭泣。"

是的，积极、豁达而又乐观的刘禹锡，在这首悼亡词里，流下了相思的泪水，流下了忧伤的泪水，因为这首词是为他的亡妻薛氏而写。想起两人同甘共苦的岁月，想起两人恩爱相拥的背影，想起妻子对自己无怨无悔、不离不弃的照顾，此时的刘禹锡肝肠寸断。

在这里，解释一下"牛衣"：在古时，冬天人们把用麻和草织成的如棉被大小盖在牛身上让牛保暖的东西叫作牛衣。刘禹锡在流放远州（今广州连州市）的路途中，一路颠沛流离、饥寒交迫，刘禹锡的妻子薛氏生病离世，独居远州的刘禹锡更是穷困潦倒，夜来风寒，竟然连一件御寒的被子都没有，只好裹着牛衣御寒。在这样的夜色里，听着寒风呼啸，听着猿猴哀唱，刘禹锡内心生出了对妻子无限的思念，挥笔而就《谪居悼往二首》。

刘禹锡为什么被贬远州市，自然与他的革新失败有关，我们应该知道在唐朝历史上有"永贞革新"这一历史事件，而刘禹锡就是这一事件的主角。

顺宗在位的时候，太子侍读王叔文、王伾素向当朝提出了许多改革时下政治弊端的建议，很是受到顺宗的重视。而刘禹锡与王叔文是至交好友，王叔文便推荐刘禹锡任屯田员外郎、判度支盐铁案，参与对国家财政的管理。这段时间刘禹锡的政治才能得到了充分的发挥，和王叔文、王伾素还有柳宗元在朝廷里进行了大刀阔斧的改革，世人尊称其为"二王刘柳"集团。在顺宗短短的执政期间，制定并实施了许多对当下社会发展有利的制度与措施。可他们的改革触动了藩镇、宦官和大官僚们的利益，改革还没有大规模实行开，便被扼杀在了摇篮里，顺宗被逼让位，王叔文被赐死，王伾素在被贬的路上病故，刘禹锡与柳宗元等八人先后被贬为远州刺史，随即加贬为远州司马，这就是历史上著名的“八司马事件”。

## 秋词

刘禹锡

自古逢秋悲寂寥，我言秋日胜春朝。
晴空一鹤排云上，便引诗情到碧霄。

“从古到今人们只要遇到秋天总是会内心生出寂寞寥落的思绪，而我却感觉这秋日胜过春天的美丽。你不看在碧空万里的蓝天下，排成行的大雁在空中飞翔，无限的诗歌灵感凌空而来。”

在这首诗里，刘禹锡给我们呈现出来了一幅天高云淡、悠远深长、大雁成行的优美风景，在这风景中的人也是心情愉悦、积极向上。刘禹锡的仕途一路坎坷，在外漂流的时间有二十三年之久，虽然他经历了丧母、丧妻之痛，但无论环境多么艰苦恶劣，比如遭到地方官员的诬蔑，不明是非真相之人的道德批判，刘禹锡却总是用自己昂扬豪迈的精神品格、积极乐观的处世态度面对尘世炎凉。

走在尘世烟火的深处，他看到更多的是这个博大世界美好，在他唯物主义思想哲学里，他的思想比柳宗元还要先进，提出了天与人“交相胜，还相用”的观点，具有积极的进取精神。他认为，在法大行的社会里，是为公是，非为公非，蹈道必赏，违善必罚，祸福决定于人的行为，与天没有关系。

所以，他从不认命，在他的人生长河里，也没有向命运低头这个概念，艰辛、困难面前，他选择的永远是勇敢面对。一路走来，落在他眼里的风景都成为他创作的源泉，他用自己的一生创作出了大量诗篇，诗篇的整体风格也是充满了对尘世生活的美好向往。

# 温庭筠·一尺深红胜曲尘

## 南歌子词二首·其一

温庭筠

一尺深红胜曲尘，天生旧物不如新。

合欢桃核终堪恨，里许元来别有人。

笔触才刚刚写下这充满相思的诗句，一汪湖水便在宣纸上荫翳开来，湖堤两岸绿柳成荫，你站在不远处望着那个皮肤娇嫩、貌美如花的八九岁小女孩，被她的笑声感染着，从内心更是赞叹着，即便出身贫微，也无法掩盖住她的才气与美好。他走到小女孩身边，指着河岸两边的柳树，要女孩以“江边柳”为题作诗，那女孩连思索没有思索，随口就吟出了：“翠色连荒岸，烟姿入远楼。影铺秋水面，花落钓人头。根老藏鱼窟，枝低系客舟。萧萧风雨夜，惊梦复添愁。”听着女孩青翠欲滴的声音，你知道，这个女孩将会成为你一生的牵绊，此生，她将会与你的生命之旅有着扯不开的交会与思念。

是的，那俯下身望向小女孩的人，就是晚唐时期的诗人、词人、“花间派”鼻祖温庭筠。而那个九岁小女孩就是唐朝四大才女之一的鱼玄机。

温庭筠这首《南歌子词二首》写于他行走在山水之间的时候，望着民间那些悲苦的事，再想到自己爱徒鱼玄机感情的不如意，内心生出许多的感慨，执笔而就这两首诗词：“这袭深红色的裙子因为时间太久变得有点发黄了，自古以来旧的东西就没有新的东西让人喜欢。你我本来就像合欢树下的核桃一般的恩爱，可时间一久你就变了心，怎能不让我对你生出恨意。”

是啊，这世间总是有那么多负心的人，也有那么多痴情痴心之人，新欢旧爱、恩怨纠葛、一生山水、一世情。诗词中花枝生香的温庭筠又会有怎样的传说故事？他与鱼玄机为什么最终情深缘浅呢？作为中国文学史上千古不朽的词人，他的仕途却又为什么屡屡受阻？

## 苏武庙

温庭筠

苏武魂销汉使前，古祠高树两茫然。云边雁断胡天月，陇上羊归塞草烟。
回日楼台非甲帐，去时冠剑是丁年。茂陵不见封侯印，空向秋波哭逝川。

温庭筠的这首《苏武庙》是一首怀古诗，这首诗词一经问世便被世人传唱开来，这首诗词更是唐朝留传来下的名篇之一：“苏武在没有被汉使接回中原之前，受尽了磨难，禁不住悲喜交加、老泪纵横。而今古庙的小树都已经长成参天大树，肃穆庄严久远渺然。被羁留北海十九年来没有任何音信，常常望着胡人的月亮发呆。从荒郊野外牧羊回来，茫茫草原上炊烟袅袅升起。返回汉朝站在谒楼台上望去，往日风景依旧，唯独看不到甲帐的踪影。奉命出使匈奴的时候加冠佩剑正是潇洒壮年之时，站在茂陵缅怀封侯受爵之时的光景，可转眼君臣已有千里之隔。空对秋水哭吊先皇，哀叹时光一去不复返。”

从这首《苏武庙》的诗词中，我们看得出作者内心的渴望与担忧，这份担忧是对国家命运的担忧，这份渴望是希望国家能天下太平、能多出像苏武一般的爱国人士。晚唐时期国势衰颓，民族矛盾尖锐，战争与暴乱时有发生。温庭筠的这首《苏武庙》表现出了他内心的一种民族气节，他歌颂爱国英雄们的忠贞不屈、心向故国的精神是时代的需要。温庭筠人格特征突出，他满腹诗书、满怀报国之情；可他也放荡不羁、恃才自傲、不畏权贵。温庭筠的性格注定了他仕途的坎坷与不顺。

温庭筠虽然是唐初宰相温彦博的后裔，但多年的沧桑巨变，已经是家道中落，温庭筠在自己的出生地只生活了六七年，便随家客游历江淮，最后定居在了今天的陕西户县郊野一代，因为这一代靠近杜陵，所以他自称自己为“杜陵游客”。

不管怎样漂泊流浪，但都无法遮挡住温庭筠的文字灵感，如所有那些有天赋的文人墨客一样，温庭筠聪明好学，饱读诗书，不仅诗词了得，更是善鼓琴吹笛。可温庭筠纵使才高八斗却与仕途一直无缘，他出生于公元812年，从公元839年开始应试，这一应试就是几十年的时间，一直到他五十五岁那年最后一次应试，一直榜上无名，而他因为科举考试留下的故事却在民间广为流传。

温庭筠有个美称，人送外号“温八叉”，人们为什么送他这个名字，当然是有原因的，因为温庭筠每次参加应试，只要叉手一吟，便会吟咏出八韵一首，语言奇丽、对仗工整，久而久之，人们便送温庭筠“温八叉”的美名。

温庭筠还有一个“救数人”的外号，这个外号也是因为温庭筠参加应试而得。温庭筠多次应试不中后，已经成为科举考场的名人，他的才气人人皆知，可每次考试就是不中，到了最后，温庭筠自己都不再为榜上有名而来，而是把考试当成了家常便饭，他看那些寒窗苦读的学子们在考场上苦思冥想的样子，内心生出了同情之心，于是就把小抄传递给他们，在考场上他一救便是数人。虽然温庭筠榜上无名，但温庭筠在民间的名气却是越来越大，考官们对温庭筠也是敬而远之，为了不再让他搅乱考场，在他五十五岁应试那年，主考官专门给温庭筠设了一个考座，自己亲自监视温庭筠考试，但即便这样，温庭筠还是把自己的小抄偷偷送给了数人。不过，这次他依然如往年一样还是榜上无名。

## 塞寒行

温庭筠

燕弓弦劲霜封瓦，朴簌寒雕睇平野。一点黄尘起雁喧，白龙堆下千蹄马。
河源怒浊风如刀，翦断朔云天更高。晚出榆关逐征北，惊沙飞迸冲貂袍。
心许凌烟名不灭，年年锦字伤离别。彩毫一画竟何荣，空使青楼泪成血。

温庭筠这首《塞寒行》，大致含义是：“燕地弓箭的弦强劲有力，严霜落满燕地的瓦垄，寒雕扑展着翅膀俯视着苍茫原野。黄沙飞起惊得南飞的大雁一片鸣叫，白龙堆上驰骋的马蹄声扬起阵阵风沙。黄河的源头大风掀起巨浪，把天空中的云朵吹散，让一瓦蓝天更加湛蓝高远。晚上随着大军出征进入山海关，浩浩荡荡的队伍惊得飞舞的沙石落到将军的貂袍上。我已经把自己的身躯贡献给国家，立志为国建功立业让自己的美名留给青史，不能与你日日相守，只好年年给你寄去书信来表达自己的思念之情。拿起笔画下岁月的沧海桑田，却空使爱人站在高楼上因为相思让泪水都变成了血水。”

从诗里，我们看到风沙飞舞和远在家乡相思的背影，这一离别便真的永远无法再相见，战争已经注定远去之人再无法返回故乡。诗人浓墨重彩下的诗里是满目的苍凉。

仕途不顺的温庭筠，因为搅乱考场被贬到随州，做一个小得不能再小的县尉。温庭筠的磨难却还远没有结束，在随州待了几年的温庭筠追随自己朋友奔赴边关，也正是在边关，看到将士们孤苦的生活，才写下了这首著名的《塞寒行》。

再以后的温庭筠，生活越发潦倒，温庭筠在自己六十二岁的冬天来到了安徽淮南，那时在淮南做官的是温庭筠旧时的朋友令狐高。可两人却有着很大的过节，温庭筠仕途不顺与这令狐高也有着莫大的关系。

温庭筠在长安的时候曾得到过令狐高的赏识，但令狐高却是一个极度虚荣之人，要求温庭筠代自己作诗，并一再嘱咐温庭筠不要对外声张。温庭筠怎么能瞧得起这样的小人，所以还是把自己帮令狐高写诗的事情说了出来，让令狐高非常难堪。温庭筠现在来到淮南，令狐高自然不会放过他。他的手下不仅找理由打了温庭筠，把温庭筠的牙齿都打掉了，令狐高还向朝廷上书，说温庭筠行为不检，整天嫖娼压妓。温庭筠怎么能受得了这样的侮辱，自己为自己写了平反昭雪书，不远万里亲自把书信送到朝廷手中。没想到，那时已经六十三岁的温庭筠，却时来运转，不仅为自己昭雪平反，证明了自己的清白，还被留在长安授予国子助教，并以国子助教的身份监考应试的考生。

命运就是这么爱捉弄人和爱开玩笑，身受科举之害的温庭筠，力争修改科举考试的弊端，将考生们的诗词公布于榜上，让众人信服，让考生信服。可温庭筠的理想主义应试方法，自然会让那些权贵们恨之入骨，那些权贵们以温庭筠录取的文章有抨击朝政为由，再一次让朝廷把温庭筠贬出了长安，贬到一个名字叫方城（今天的河南省南阳市方城县）的小地方。

## 冬夜寄温飞卿

鱼玄机

苦思搜诗灯下吟，不眠长夜怕寒衾。满庭木叶愁风起，透幌纱窗惜月沈。
疏散未闲终遂愿，盛衰空见本来心。幽栖莫定梧桐处，暮雀啾啾空绕林。

是时候把温庭筠生命中最重要的一个人请出来了，是的，她就是唐朝四大才女之一、容貌倾国倾城的鱼玄机，这首《冬夜寄温飞卿》里所说的温飞卿指的就是温庭筠："在灯光下冥思苦想为你写诗，在这绵绵长夜独抱衾衣无法入眠。秋风把落叶吹落庭院，把窗帘吹起，让冷冷的月光洒落进房屋。一生聚聚散散，这天意总是不随人的心愿，无论是繁华尘世还是清灯佛影从没有改变过自己这颗初心。幽谷的梧桐是凤凰栖息的地方，落暮中唯有雀鸟啾啾鸣唱着绕林飞行。"

这诗是相思的泪水组成，是一生痴情空付岁月的低吟，鱼玄机为什么会对温庭筠念念不忘，痴心迷恋，这其中自然是有故事的。鱼玄机的父亲与温庭筠是性情相投的好朋友，两个人同样考场失意，同样才气非凡，可鱼玄机的父亲在鱼玄机六岁那年却因病去世，她的母亲带着鱼玄机靠为富人家洗衣、做女工为生。当远游回来的温庭筠听说好友去世的消息后，便四处寻找鱼玄机母女的下落，终于在鱼玄机九岁那年找到鱼玄机，温庭筠对鱼玄机的聪明好学和天赋赞叹不已，从此把自己所学都一一传授给鱼玄机，在温庭筠的关爱下，鱼玄机慢慢出落成貌美如花、才气横溢的少女。

十四岁的鱼玄机渐渐发现，自己对温庭筠的感情在发生着微妙的变化，她发现自己爱上温庭筠了。作为一代才子、一生写了无数为情为爱、写尽风花雪月，被称为“花间派鼻祖”的温庭筠，怎能不明白眼前这个冰清玉洁的少女心思，可他知道他比鱼玄机大了三十岁之多，自己一生无所建树，仕途失意，生活潦倒，他不能因为自己而耽误她终身，她应该拥有自己真正的爱情才对。温庭筠愿意做鱼玄机的师父、父亲、兄长、朋友，却唯独没有答应做他的情人。不仅如此，温庭筠还亲自做了鱼玄机的媒人，把鱼玄机许配给状元郎李亿为配房。十六岁的鱼玄机怀着对爱情的美好向往开始了自己的婚姻生活，可短暂的幸福之后，却是她一生劫难的开始。

李亿的原配妻子出身权贵人家，性格泼辣、强悍。当她听说李亿娶了配房时，自然容不下，把鱼玄机痛打一顿之后，赶出了家门。从此，住进道观的鱼玄机遁入空门，开始在繁花尘世中让自己沉迷堕落，一直到为她争风吃醋的男子因为得不到她而故意诬陷她杀害自己婢女绿珠，才算结束了她淫靡、荒诞而又悲苦的卖唱生涯，一心求死的鱼玄机没有为自己辩解，因为她在红尘玩累了，也玩倦了。

听说鱼玄机被判死刑的温庭筠，不远万里，迈着自己老迈的身体再一次专程为鱼玄机进京求情，可却是事与愿违，因为鱼玄机面对别人的诬陷，她招了也认了。当在刑台上的鱼玄机望到温庭筠的时候，她的嘴角牵起了一抹笑容，而温庭筠的眼角却是泪水湿润。二十七岁的鱼玄机以这样特殊的方式轰轰烈烈地结束了自己的生命，不久，温庭筠也与这个尘世做了永远的告别。

从内心深信，在天堂相聚的鱼玄机与温庭筠，他们定会花前月下牵手，再没有世俗、年轮的隔阂，再没有相貌、年龄的阻挡。

# 李商隐·锦瑟无端五十弦

## 锦瑟

李商隐

锦瑟无端五十弦，一弦一柱思华年。
庄生晓梦迷蝴蝶，望帝春心托杜鹃。
沧海月明珠有泪，蓝田日暖玉生烟。
此情可待成追忆？只是当时已惘然。

刚刚把一首词打点成行囊，准备寄回故乡，一朵唐朝的雪花，便乘着岁月的翅膀翩跹而来。望着盛大的故事在岁月深处枝头生香，只想让自己在一盏茶里借着春天的脚步泅渡，回到唐朝，走在长安繁华的大街上，看你在锦瑟年华里赋诗作画，看岁月如飞蛾一般扑向红尘的深处，看生命如何在苦难中涅槃重生。

即使唐代诗星如云，李商隐的诗也绝对是特立独行的存在，是他的诗把晚唐时期的文化再一次推向了一个巅峰。尤其是他的骈文，文学价值非常高，和杜牧合称“小李杜”，与温庭筠合称为“温李”。其诗构思新奇，风格迤逦，尤其是一些爱情诗和无题诗写得缠绵悱恻，优美动人，被后人广为传诵。

李商隐的这首《锦瑟》充满对已逝岁月的怀念，对过往故事的追忆：

“锦瑟上的五十根琴弦，一弦一弦又一弦都是对流失年华的思念。庄周在梦中变成了蝴蝶，而醒来发现自己还是庄周，望帝死后让自己变成了杜鹃，托杜鹃的悲鸣哀叹岁月的无情。在这月明之夜，蚌珠本应在沧海之间，可它却沦落凡间成为人们手中的玩物而伤心地落下泪水，蓝田美玉以生烟示人，可俗人却视而不见。迷茫之间，时光飞逝，自己虽然才华横溢，虽然努力抗争，可结果却徒劳无功，没人能够赏识自己，无奈之下只能仰天长叹。一切都过去了，还能怎么样呢？只有当作回忆了。”

从这首《锦瑟》里，我们不难读出作者因怀才不遇而心生的悲哀，叹息岁月匆匆而逝时自己却还遇不到欣赏自己之人的郁闷情怀？每个朝代的末年，都是战乱与政党纷争最厉害的年代，而不幸的李商隐就生在晚唐，更为不幸的是他成了政党相争的牺牲品，处于牛李党争的夹缝之中，一生不得志。

## 九日

李商隐

曾共山翁把酒时，霜天白菊绕阶墀。
十年泉下无消息，九日尊前有所思。
不学汉臣栽苜蓿，空教楚客咏江篱。
郎君官贵施行马，东阁无因再得窥。

李商隐的这首《九日》是题写在师父令狐楚家墙壁上的，从这首诗中，我们不难看出李商隐对师父情深义重，还有他内心无法诉说的委屈与无处倾诉的炽热情感？那么李商隐为什么要把这首诗写到师父家的墙壁上呢？这期间到底发生了什么故事？

李商隐虽然出身贵族家庭，但却是落败贵族，到他这一代家族已经没落，生活贫困。李商隐十岁的时候父亲就不幸去世，在家排行老大的李商隐担起了家庭的重担，多亏他的叔父对李商隐的照顾，叔父是个文人，家中有许多藏书，这些藏书成了李商隐的精神食粮。没过多久，李商隐的叔父就看出了他的才华，便有意悉心教导，渐渐李商隐的诗词便在民间传播开来，虽然他的仕途不顺利，但他的才华引起了一个人的注意，那就是户部尚书令狐楚。

令狐楚读了李商隐的诗词后，大为赞赏，感觉他是一位可造人才，主动找到李商隐，当令狐楚看到站在自己眼前的李商隐时，眼睛一亮，这个后生不仅相貌俊朗，更是带着一股儒雅的气质。他虽然生长在田间地头，但却气质非凡。令狐楚把李商隐带回家中，收为幕府做巡官，可以说是令狐楚给了李商隐人生中的第一份工作，并且这份工作是非常荣耀的。不仅如此，令狐楚还时常邀请李商隐参加自己举办的宴席，自此李商隐的名字逐渐为人所知。

令狐楚是唐朝的文学家，他的骈文在唐朝末年是屈指可数的。为了更好地让李商隐学习以参加科考，令狐楚把自己的毕生所学对李商隐倾囊相授。有了令狐楚的帮助，李商隐的名气很快就盖过了师父令狐楚。李商隐也把令狐楚当成是自己的再生父母，他在自己给令狐楚的《上令狐相公状》中多次感谢令狐楚的知遇之恩："自卵而翼，皆出于生成；碎首糜躯，莫知其报效！""自昔非有故旧援拔，卒然于稠人中相望，见其表，得以类君子者，一日相从，百年见肺肝。"等等。

果然李商隐没有辜负师父给予的厚望，公元837年，二十四岁的李商隐中了进士，从此走上了仕途。令狐楚对李商隐极力提拔，一直到他生命的最后时刻。面对师父这样的恩情，李商隐更是以感恩戴德之心来回报。

## 摇落

李商隐

摇落伤年日，羁留念远心。水亭吟断续，月幌梦飞沉。
古木含风久，疏萤怯露深。人闲始遥夜，地迥更清砧。
结爱曾伤晚，端忧复至今。未谙沧海路，何处玉山岑。
滩激黄牛暮，云屯白帝阴。遥知沾洒意，不减欲分襟。

读着李商隐的这首《摇落》，眼前呈现出一幅忧伤的相思风景：风吹落树叶，让人想起往年的伤心事，被羁绊在这里心却还在怀念着远方。江边亭台小榭里的琴音突然消失，定是琴弦被思念弹断，落在水底晃动的月影让梦飞远。风还一直吹着古木，落叶纷纷，寒露中的流萤远处让自己的身体依附。那优美的身影徘徊在深夜之中，清露沾满绿色的苔痕。你我今生结下深深的爱情，可也是让伤心布满，思念在内心烙下爱的印记，一生无法拂去。不走遍沧海桑田，又怎么会知道玉山上的风景。暮色与浪花打在黄牛滩上，一朵又一朵的白云堆积在白帝山。遥想你我昔日的恩爱，禁不住泪水沾满衣襟。

是的，这首《摇落》是李商隐写给自己爱妻王氏的作品，作品里充满自己对妻子的思念，对前途的迷茫。

李商隐与爱妻王氏的相识，应该缘于自己岳父王茂元的刻意安排。唐朝末期，许多大臣因为政治目的不同而分成不同派系，其中最为知名的是牛、李党派。他们的代表人物是牛僧孺、李宗闵等为领袖的牛党与李德裕、郑覃等为代表的李党。“牛李党派”之争一直到唐宣宗时期才结束，持续时间长达40年之久，最终以牛党获胜结束。以致唐文宗有“去河北贼易，去朝中朋党难”之叹。那时令狐楚属于牛党，而王茂元属于李党的人。

说起李商隐的这段姻缘，令狐楚的儿子令狐绹也要算半个媒人才对。令狐楚去世后，他的儿子令狐绹世袭父亲的官位。而令狐绹更是把李商隐视为心腹，于是令狐绹派遣李商隐去泾原权贵王茂元府上，想去拉拢王茂元转投牛党。

那时的李商隐名气正旺之时，并且深受令狐绹的信任，在令狐绹的内心他深信李商隐定会达成自己的心愿。王茂元本是一个文才武略的大将，领兵打仗、熟识军事军法。李商隐是个思想单纯的文人，他此行的目的，被王茂元一眼望穿。再加上王茂元爱惜李商隐的才华，再看李商隐外貌的儒雅与俊秀，便有了想拉拢他的想法，在招待李商隐的时候，故意叫出了自己的爱女王若云。

王若云早就读过李商隐的诗作，对他爱慕不已。当王若云的美貌落进李商隐的眼里，琴音落在李商隐的耳朵里，李商隐的目光在王若云的面容上便再也无法移开。结果王若云与李商隐一见钟情，两个人就此在王茂元家里筑起了爱巢，李商隐与王氏爱的执着而又热烈，早已把外面政治斗争的残酷抛到了九霄云外。

次年春天，王茂元便为自己的爱女和李商隐举行了婚礼。李商隐的婚礼让令狐绹气炸了肺，他做梦也不会想到，李商隐会以这样的方式给了自己这样的答案，他骂李商隐欺师灭祖。结果害得李商隐洞房花烛夜跑到师父的坟前下跪，即使是这样，令狐绹也没有原谅李商隐。从此，令狐绹从中作梗，李商隐的仕途处处为难，处处受阻，人生路上再没有了坦途可言。

次年李商隐去应试的时候，被令狐绹抹去了应试资格，李商隐郁郁寡欢的时候，妻子王氏及时给他送来了温暖，李商隐面对妻子的深情厚谊，为妻子回诗一首：

## 无题

李商隐

照梁初有情，出水旧知名。
裙衩芙蓉小，钗茸翡翠轻。
锦长书珍重，眉细恨分明。
莫近弹棋局，中心最不平！

李商隐以《神女赋》里的“其始来也，耀乎如白日初出照屋梁。”入笔，写出对妻子的思念，对科考中所受排挤时的郁闷。在这首诗里，李商隐把自己受排挤不得志的心事一并诉于了妻子。“眉细恨分明”，表现出李商隐内心为诗人受排挤、打击的恨。同时也表明当时钩心斗角、翻云覆雨的党派竞争局势。更表露出诗人自己对王氏一往情深的爱恋。在这首《无题》里，不仅体现出李商隐是一个爱恨分明之人，更是体现出来了他对爱情的忠贞与专一。

其实，李商隐在去京城科考的时候便去拜访令狐綯，可令狐綯不肯相见，李商隐久等令狐綯不来，便在师父家的墙壁上题下了文章开头的那首《锦瑟》。即便这样，令狐綯还是无法解去自己心头之恨，再一次抹去了李商隐的名次，让李商隐无缘登科。

此时，一件更为不幸的事情发生了，王茂元也在党争之中郁郁而死。

从此，为了生计，李商隐的后半生开始了贫困而又颠沛流离的生活，因为居无定所，每次出任也都无法带上妻子王氏，在这期间，李商隐为妻子写下了大量的诗词，每首诗词里都表达着自己对爱情的忠贞，对妻子的深爱与思念。在他流离期间，写给妻子最知名的一首情诗。

## 夜雨寄北

李商隐

君问归期未有期，巴山夜雨涨秋池。
何当共剪西窗烛，却话巴山夜雨时。

“你问我什么时候可以回来，我自己也不知道归期在哪里，巴山下了一夜的雨，秋池里的水都涨满了。不知道我们什么时候才能在西窗前共剪烛花，把对你的思念都诉进这一夜的雨色里。”

婚姻里的流离，生活更是雪上加霜，妻子王氏因为生活贫困、相思郁结，终于积劳成疾，再没有办法实现与自己心爱人相濡以沫共度人生的誓言，她失约了，先离开了这个人世间。在妻子去世的那几年岁月里，李商隐意志一度消沉到谷底，写下大量怀念妻子的诗作，直到去世再没有续娶。

生活在牛李两党夹缝中的李商隐，就这样流浪在战乱纷争的江湖之中，但李商隐的才华和耿直的为人，却也让许多人对他生出敬佩之心，虽然不能让他再在仕途上有所升迁，却也能把他作为幕僚，给他一份工作以让他免去颠沛流离之苦。可常年的劳累和内心的忧伤，李商隐的身体也超负荷透支着。李商隐在他四十六岁那年与这个让他充满了悲苦与疼痛的世界做了永远的告别。

李商隐，在大唐飞花里，你的诗歌，一直是一道亮丽的风景线，在温婉与哀怨里，在思念与甜蜜里，看到了一个最真实的你在时光的深处吟诵浅唱，你的诗词的美丽如灵魂的灯塔一般照亮来路与归路。

# 柳永·多情自古伤离别

## 鬻海歌（节选）

悯亭户也

鬻海之民何所营？妇无蚕织夫无耕。衣食之源太寥落，牢盆鬻就汝输征。
年年春夏潮盈浦，潮退刮泥成岛屿。风干日曝咸味加，始灌潮波塯成卤。
卤浓盐淡未得闲，采樵深入无穷山。豹踪虎迹不敢避，朝阳山去夕阳还。
船载肩擎未遑歇，投入巨灶炎炎热。晨烧暮烁堆积高，才得波涛变成雪。

一曲曲宋词卧在历史的扉页， 望着秋天迈着醉态的碎步走在故事的深处，银子一般的星碎月光照亮古人的来路与归途。而你，手抚琴弦，用一曲又一曲的浅唱低吟，吟咏人生如梦，梦如人生，这曲声绕着文字的长河，一走便是千年之久。此时，故事的序幕拉开，青衣的袖子轻轻一舞，一个盛大的场景，便呈现在观众的眼前。

大宋东京汴梁长空万里、熙熙攘攘、车水马龙，勾栏瓦肆中那个身戴配剑，青衣长衫的翩翩青年眉目刚毅、指生莲花。是的，此人就是北宋著名词人、婉约派代表人物、有赤子情怀和儒雅格调的大宋白衣卿相柳永。

这首《煮海歌》是柳永晚年的作品，从诗词中，我们不难读出柳永对民间百姓的同情和在苦难中生存的不易，看到了诗人有着一颗悲悯之心、忧国爱民之情。男人无事业可经营，女人无桑蚕可饲养，为了求生，他们只好做盐民，到深山中冒着被豺狼叼走的危险，砍来柴火，煮海水熬盐以求生。

生活在官宦人家的柳永，受父辈们的影响，从小就立下鸿鹄之志，一心读着圣贤书，一心想在仕途谋求发展，取得功名。可真的是应了造化弄人这句话，当勤学苦练、饱读诗书的柳永来到京城想一展自己伟大抱负的时候屡受挫败。柳永当时正处在时局不定的北宋晚期，柳永仕途中却屡屡遭挫，再加上家境的败落，在京城也无依无靠，其生活状况渐渐落入低谷。

此时，一件让柳永意想不到的事情发生了，他的几个朋友到青楼喝酒，把柳永的词拿出来让那些歌伎们吟唱，结果柳永的词深得歌伎们的喜爱，其中有个名妓更是对柳永的诗词喜欢到爱不释手，托人拿了银子求柳永写词她来咏唱，并求见柳永一面。

从此，这个女子为柳永打开了一个不一样的世界，别人进青楼是为了把钱花到青楼女子身上，而柳永进青楼，却是那些青楼女子纷纷争着把钱用到柳永的身上。从此，柳永沉迷于山水风光和烟花柳巷之间，用自己的文字来养活自己的身体。柳永文字上的造诣越来越深，他的新乐府诗也可以用炉火纯青来形容了，华美的诗行佳句，一句句、一行行触动歌者和听者的灵魂，被人们纷纷传唱。

在古代，青楼中有一种妓女，卖唱不卖身，古时把这类人称为女乐，即音乐歌舞演艺者，像中国唐朝的名妓薛涛便是此类官伎。她们一般接触的都是时下最为知名的风流雅士，官宦人家子弟。这类女子一般出身也都比较高贵，受过良好的家庭教育，不仅知书达礼，更是琴棋书画样样精通，却又不得不因为家庭的变故让自己卖身青楼。要想出名，她们不仅要有美貌，更要有过人的才艺。所以这些歌伎们为了挣到更多的钱财，为了获得众人的赞扬和认可，时时会向这些风流才子们要了诗词来吟唱。

从小受着儒家思想熏陶的柳永，对这青楼中的繁华春秋是从来没有体会过的，但进入青楼和烟花柳巷后，柳永便沉浸在了里面的奢靡和豪华之中。他凭着自己的才华，为与自己有着恩爱缘分的女子们填写着一首又一首的词、赋、歌曲。因为柳永是要用这些词曲来养活自己的，所以他迎合了这繁华世界里的颓靡，结果他的词很快便被歌伎们认可和传唱，歌伎们为了能得到柳永一首词曲，不惜重金相求，以身相许。花街柳巷里，柳永体现出了自己另一份人生价值。

那么，柳永是不是就此沦落，从此与仕途无缘呢？其实，柳永看似在纸醉金迷里欢度人生，但他所受的教育和从小立下的志向却时刻提醒着他，自己走进青楼女子，只是为了填饱肚皮，解决衣食之忧的权宜之计罢了。

## 鹤冲天·黄金榜上

柳永

黄金榜上，偶失龙头望。明代暂遗贤，如何向。
未遂风云便，争不恣狂荡。
何须论得丧？才子词人，自是白衣卿相。
烟花巷陌，依约丹青屏障。幸有意中人，堪寻访。
且恁偎红倚翠，风流事，平生畅。
青春都一饷。忍把浮名，换了浅斟低唱！

柳永的这首《鹤冲天·黄金榜上》写于他再一次参加科考之后，从这首诗词里，我们不难看出柳永性格里的自信与桀骜：“这张金字题名的红榜上，我只不过是偶然失去取得状元的机会。即便君王再政治清明，也会有错失贤良的时候。既然这科考路不能随我心愿，又何必为这功名利禄忧伤苦恼呢？做一个风流才子写诗作赋，即使做一生布衣，也并不亚于公卿将相。在烟花柳巷之中，把自己的文房四宝、丹青绘画摆在歌姬们的绣房。值得庆幸的是我在这里已经找到了自己的意中人，与她相依相偎，享受这人间的美好生活，这是我平生最大的欢乐。这美好的青春转瞬即逝，我愿意把这浮生一梦的功名，换成手中浅浅的一杯酒和耳畔低回婉转的歌唱。”

柳永写这首词也是有缘由的，这首词里，有着柳永太多的辛酸与无奈，文才出众的柳永，因为没有显赫的背景和靠山，总是榜上无名。正所谓文字既是攀登仕途的阶梯，也是斩断仕途的利剑。柳永的文字已经成为时下最流行的词曲，只要字一出，就立刻会被传唱。

当时的皇帝宋仁宗，也是一个喜爱“新乐府”，通晓音律之人，当有人向他推荐柳永时，仁宗也曾经想重用柳永，可仁宗听说柳永生活的环境是青楼与柳巷，许多诗词都是以艳诗为主调，这让仁宗非常反感，便不再提召见柳永之事。本来这次柳永是榜上有名的，可当《鹤冲天·黄金榜上》这首词呈现在宋仁宗的眼里，宋仁宗望着这词是肝火大动，就以柳永词里“忍把浮名，换了浅斟低唱”为由道：“既然想要‘浅斟低唱’，既然不想求得功名，何必在意虚名。”遂亲笔划去柳永之名。

其实身居皇帝之位的宋仁宗，怎么能理解生活在最低处柳永的生活，又怎么能理解他屡试不第的心情，怎么能读出这样的句子只不过是写出了自己心里的豁达、开朗和自嘲无奈罢了。

既然皇帝不愿意让一个心怀报国大志、一心报国之人做官，那自己就奉旨填词吧。宋人严有翼也在自己的文字里这样记载道："有人向仁宗推荐柳永，仁宗回复'且去填词'，并说自此后柳永不得志，遂出入娼馆酒楼，自号'奉圣旨填词柳三变'。"

## 雨霖铃·寒蝉凄切

柳永

寒蝉凄切，对长亭晚，骤雨初歇。都门帐饮无绪，留恋处，兰舟催发。

执手相看泪眼，竟无语凝噎。念去去，千里烟波，暮霭沉沉楚天阔。

多情自古伤离别，更那堪，冷落清秋节！今宵酒醒何处？杨柳岸，晓风残月。

此去经年，应是良辰好景虚设。便纵有千种风情，更与何人说？

我们先来浅析一下柳永的这首《雨霖铃·寒蝉凄切》大致含义："秋蝉鸣唱得悲伤而又凄切，正是傍晚时分，一阵凉似一阵的秋雨拍打着空落的长亭。在京都城外的帐篷里与你浅斟薄饮，心绪里结满离别的忧愁，即便内心有千般不舍，可船上的人却已经催着要你出发。执手相望，眼睛里早已溢满泪花，纵有千言万语却都堵在喉咙里无法说出。想到与你这一离别，彼此之间要有千里之遥，烟波浩渺，夜雾迷茫深沉，空旷的楚地一片寥落，再也无法找到与你相聚的日期。都说自古多情空余恨，再加上秋雨悲凉，今宵的酒醒后，我不知道自己身在何处，情在何方，两岸杨柳轻遥，晚风里露出一轮残月。此一去便是多年，这美好的良辰美景因为没有你而成为虚设。即便内心有千般柔情，又能与谁诉说？"

这首词上半阕主要写一对恋人在中秋之夜离别时的悲伤与凄迷，这本是万家团圆的时刻，可这对恩爱的恋人，却因为各种原因不得不分离。下半阕主要写这对情人从此不得再见的相思之苦，离别之伤。尤其是这首词的下半阕："多情自古伤离别，更那堪，冷落清秋节！今宵酒醒何处？杨柳岸，晓风残月。此去经年，应是良辰好景虚设。便纵有千种风情，更与何人说？"不知道成为这世间多少痴男怨女一生吟唱的句子。

像这样华丽、优美而又触动人心的美妙诗行，柳永一生不知道写了多少。但柳永知道，他的一生是不会就这样沉迷在花街柳巷之中的，他的志气也不会因了自己的沉迷而在内心减少半分。于是，柳永让自己走向了旅途，一边欣赏人间的美好风景，一边因为生计而供职外乡。

## 凤栖梧

柳永

伫倚危楼风细细，望极春愁，黯黯生天际。
草色烟光残照里，无言谁会凭栏意。
拟把疏狂图一醉，对酒当歌，强乐还无味。
衣带渐宽终不悔，为伊消得人憔悴。

可以说柳永把一生的相思都写尽了。柳永的这首《凤栖梧》，不知道打湿了这世间多少离别情愁之人的眼眸："细细的春风环绕着高高的楼台，我站在楼台上向远处遥望，连绵不尽的愁思在心头缭绕，无边无际蔓延开来。夕阳的残光穿过薄雾落到嫩嫩的青草上，谁又能明白我此时凭栏远眺的心情？本想把酒当歌、一醉方休，才知道强求来的欢乐却是如此地索然无味。我的身体日日憔悴，衣服渐渐显得宽大起来，但内心却从来没有过后悔，我愿意为了你就这样憔悴下去。”

从柳永的这首《凤栖梧》里，我们不难读出这是他凭栏远望，为怀念一个人有感而发。可如果我们仔细品味，在这优美而又多愁善感的诗行下面，体现出了柳永性格里的坚毅与对理想和目标的持之以恒。尤其是这首词最后的句子“衣带渐宽终不悔，为伊消得人憔悴”，这因为思念而留下的千古佳句背后，何尝不是柳永对自己一生远大抱负的一种锲而不舍和执着追求的态度。

是的，柳永没有忘记自己从小就立下的志愿，在他五十岁那年，因为宋仁宗对历届科考沉沦之士的录取放宽尺度，柳永再一次走进考场参加了科考，并取得功名。但柳永虽然取得了功名，却也只得了一个馀杭（今杭州市北部）知县的职务，无家室、无财产的柳永就这样让自己轻装上任走向了他一生唯一的一次仕途。

即便柳永只是一个小小的知县，但他却并没有气馁，也并没有因为自己官小位轻而放弃为百姓谋利的机会，民间百姓的苦他看在眼里，痛在心里，当他看到海边生活的百姓们的辛苦与贫穷时，内心生出了无限的感慨。这些百姓要想种田，可海水已经把田地浸泡得无法生长粮食，想捕鱼却又没有本钱买来一艘渔船，他们只好以煮盐为生，可煮盐卖来的钱却让他们入不敷出，衣不遮体。看在眼里的柳永一改往日诗词作品迤逦华美的风格，写下了文章开头的《煮盐歌》，以极为现实的写作手法描写了百姓们生活的困苦与困难。柳永是想利用自己手里有限的权力，为百姓谋一些福利。

短短两年仕途，柳永的名字就被载入了《海内名宦录》中，可见柳永这两年政绩的显著。可性格耿直的柳永很快发现自己根本就不适合生活在宦海之中，那些官吏们是小官小贪，大官大贪，人间真正为百姓做事的清官根本无法生存在他们中间。他一心为百姓着想的做法很快得到那些贪官污吏们的排斥、打压，屡遭排贬，一气之下柳永辞去了官职，再一次开始了他的流浪生活。

柳永最后的结局，既是幸福的，也是凄凉的。他因病死在了名妓李香香的家中，因为自己一生没有家室，没有财产，他的亲戚和朋友都不肯为他入殓。但他身边那些烟花柳巷的女子们，却把柳永看成了她们心目中的神，她们亲切地称柳永为他们的“柳七郎”，当时名振京城的谢玉英和李师师等众多名妓们，一起出钱将柳永风风光光地安葬，而谢玉英更以柳永妻子的身份为他披麻戴孝。

谢玉英是痴心的，也是痴情的，自从她把自己的心真正许给柳永后，她的心中便再没有装下第二个男子。在柳永离开人世两个月后，一代名妓谢玉英，也让自己的一缕香魂追随柳永而去。

在柳永的一生中，生命如花一样盛开在风花雪月里，花枝上，永远挂满他诗词散发出来的清香。

# 苏轼 · 老夫聊发少年狂

## 江城子 · 密州出猎

苏轼

老夫聊发少年狂，左牵黄，右擎苍，
锦帽貂裘，千骑卷平冈。
为报倾城随太守，亲射虎，看孙郎。
酒酣胸胆尚开张，鬓微霜，又何妨？
持节云中，何日遣冯唐？
会挽雕弓如满月，西北望，射天狼。

滚滚历史长河里，没有几个人可以被后人评价为一个朝代最高文学成就的代表，但苏轼却是其中一个，他文字风格的优美、气势的宏伟开阔、比拟手法的奇妙夸张、用词用语的清新豪健而形成自己独特的苏轼文学风格，得到了许多文人的推崇、认可与模仿，与欧阳修并驾齐驱，被后人评为整个宋朝最高文学成就的代表人物。

我们浅析一下苏轼这首《江城子 · 密州出猎》的含义："我已人到壮年，让我再抒发一下少年时的轻狂吧，左手牵着黄狗，右膀上站着苍鹰，头戴锦帽，身穿貂裘，带上随从，让千里马的蹄音响彻山冈。为了报答众人的全力相助，我要像孙权那样，亲自射杀虎狼。与众人肝胆相照、举杯痛饮。虽然两鬓已有白发，这又有什么呢？不知何时就像汉文帝派遣冯唐一般，会派遣我拿着符节去边关地带。到时我定会全力拉满雕弓，朝着西北方向瞄准，奋勇射杀天狼。”

苏轼的这首《江城子·密州出猎》空旷悠远、开阔大气、自然流畅，诗人内心的豪迈之气力透纸背，读这样的诗行，怎能不让人内心充满激情，激发出人们内心的正能量！但我们再仔细读来，却又发现诗里有着更深的含义，那种忧思与担心也一一从诗里荫翳开来。

苏轼，字子瞻，又字和仲，号东坡居士，世称苏东坡、苏仙。苏轼是宋代文学最高成就的代表，在诗、词、散文、书、画等方面取得了卓越的成就。与黄庭坚并称“苏黄”。词开豪放一派，与辛弃疾同是豪放派代表，并称“苏辛”；其散文著述宏富，豪放自如，与欧阳修并称“欧苏”，为“唐宋八大家”之一；苏轼亦善书，为“宋四家”之一；工于画，尤擅墨竹、怪石、枯木等。有《东坡七集》《东坡易传》《东坡乐府》等传世。

那么生在宋朝中期的苏轼，为什么会写出这样的诗呢？我们先来了解一下苏轼生活的时代背景。

我们知道，宋朝分为北宋与南宋，为什么这么大一个王朝会被分裂呢？因为与金国的入侵有关，公元1127年，金国把建都在开封的北宋灭掉，宋钦宗的弟弟赵构逃往南方，迁都临安，史称南宋。

所以生活在北宋晚期，整个大宋朝中期的苏轼，对西北边境金人的入侵时时忧心在怀，在这首词里，他大胆设想，融情于景，气势磅礴、淋漓尽致、豪放豁达地抒发了自己的爱国情怀，让自己化身为像孙权、冯唐那样的英雄人物，把弓箭拉满射杀敌人。

苏轼这首《江城子·密州出猎》作于公元1075年，那时的苏轼三十八岁，是苏轼中年时期的作品，这首词对苏轼写作手法的转变有着里程碑式的意义，在当时北宋盛行的偎红倚翠、浅斟低唱之风里，可谓是别出心裁、独树一帜，对以后南宋爱国词人的写作手法产生了最为直接的影响。苏轼自己对这部作品也非常满意，他在《与鲜于子骏书》中曾说此词“令东州壮士抵掌顿足而歌之，吹笛击鼓以为节，颇壮观也，自是一家”。在苏轼以后的仕途里，他更是写出了大量这样风格的作品，从这样的作品里，让我们看到了一个铮铮男儿心怀家国天下的情怀。

## 念奴娇 · 赤壁怀古

苏轼

大江东去，浪淘尽，千古风流人物。故垒西边，人道是，三国周郎赤壁。

乱石穿空，惊涛拍岸，卷起千堆雪。江山如画，一时多少豪杰。

遥想公瑾当年，小乔初嫁了，雄姿英发。羽扇纶巾，谈笑间，樯橹灰飞烟灭。

故国神游，多情应笑我，早生华发。人生如梦，一尊还酹江月。

我们先来浅析一下苏轼这首《念奴娇 · 赤壁怀古》：“滚滚长江水浩浩荡荡向东流淌而去，翻卷的巨浪淘尽流沙，千古风流的英雄人物再次出现。遗留在西边的旧营垒，民间传说那就是三国时期周瑜鏖战的赤壁。怪石嶙峋、危峰兀立直耸云霄，汹涌的波涛拍击着江岸，翻转的浪花好似卷起千万堆白雪。美丽、广阔而又雄壮的江山如一幅精美的图画，不知让多少英雄豪杰竞折腰。遥想当年的周瑜正是意气风发之时，那时刚刚与绝色美人小乔成婚不久，那时的他是怎样的满怀壮志、怎样的豪气万丈。羽扇纶巾风度翩翩，弹指一挥间，敌人的战船便成了火海一片。我今日神游当年战地，可笑我多情善感，过早地生出满头白发。人生犹如一场梦，且洒一杯酒祭奠江上的明月。”

苏轼的这首诗作于“乌台诗案”之后，因乌台诗案，苏轼被贬到黄州已有两年光景，因为新旧两党的争斗，整个大宋江山都不得安宁，各党派为了自己的利益，早把百姓的生死置之度外。在黄州的苏轼虽有满腔报国热情，却也是心有余而力不足，望着民间百姓的疾苦，苏轼的内心既痛苦又迷茫。这一日他满腹愁肠地来到黄州郊外，落入眼底的是风景壮丽的赤壁矶，想起昔日三国人物周瑜的繁华和现在的凋落，滚滚红尘把那么多的故事淹没，这人生真的是如梦一场。苏轼的内心感慨万千，提笔写下《念奴娇·赤壁怀古》这首词。

苏轼的性格完全可以用桀骜不驯、不拘小节来形容，也正是他这样的为人处世方式，注定他的仕途必定跌宕起伏、大起大落的。

伏审抗章得谢，释位言还。天眷虽隆，莫夺已行之志；士流太息，共高难继之风。凡在庇庥，共增庆慰。伏以怀安天下之公患，去就君子之所难。世靡不知，人更相笑。

——节选苏轼《贺欧阳少师致仕启》

从这篇《贺欧阳少师致仕启》里的欧阳指的是宋朝的另一个文学泰斗欧阳修，那么苏轼为什么称欧阳修为老师呢？这里还有一段欧阳修与苏轼因为文字结缘成为忘年交的故事。

“此人可谓善读书，善用书，他日文章必独步天下。”这句话是宋朝大文豪欧阳修赞扬苏轼文章所写。公元 1056 年，苏轼的父亲苏洵，带着二十一岁的苏轼和十九岁的苏辙到京城应试，而欧阳修是主考官，当欧阳修读到苏轼的文章时，被苏轼的文章所震撼。古时科考，也与现在的高考一样，都是需要把参加考试的考生们的名字密封上的，苏轼本来是应该高居榜首的，可欧阳修却误以为这份试卷是自己弟子曾巩所作，为了避嫌所以给了个第二名，当公布榜单的时候，才知道是苏轼的作品。从此，欧阳修对苏轼大加赞赏，并极力推荐，让苏轼正式走向了仕途。

有了欧阳修的大力推荐与赞赏，苏轼在京城名声大振，他的文章一出，便立刻被传扬开来，可正当苏轼与弟弟苏辙想一展宏图的时候，突然传来父亲苏洵离世的消息，两兄弟把父亲送回故乡守柩三年。三年后，苏轼入京，再次在京试中高中，文章被称为“百年第一”，授大理评事、签书凤翔府判官。从此，苏轼正式进入仕途。

苏轼性格使然，再加上新旧两党的明争暗斗，苏轼成了党争的牺牲品，公元 1079 年，四十三岁的苏轼被调到湖州任知州。因为官员在上任的时候，都要给皇上写《谢表》以感谢皇上的重用之恩，所以苏轼就写了一篇《湖州谢表》，也正是这篇《湖州谢表》引发了历史上最大的文字狱案“乌台诗案”，此案牵扯文人之多，空前绝后，从当朝驸马，到苏轼平日里交往的平民诗友都不同程度地受到牵连。苏轼在被押解回京的路上，几次想到自杀，后来在朋友的劝说下，苏轼才明白，如果自己真的自杀，那更无法说清了，于是便配合押解官回了京城。当时的皇后心里明白苏轼成了两党斗争的牺牲品，她亲自出来说情，苏轼才免去死刑，被贬黄州。

# 饮湖上初晴后雨二首

苏轼

其一

朝曦迎客艳重冈，晚雨留人入醉乡。
此意自佳君不会，一杯当属水仙王。

其二

水光潋滟晴方好，山色空濛雨亦奇。
欲把西湖比西子，浓妆淡抹总相宜。

从苏轼的这首《饮湖上初晴后雨二首》的诗意里不难猜出，这两首诗是雨后初晴，苏轼泛舟西湖、饮酒赏风景时，随手拈来的两首小诗。这两首小诗意境丰满，如梦似幻，却又不失风趣与生动，把尘世间一幅栩栩如生的绝美画面呈现在读者眼前。

第一首小诗的大致含义：“我刚刚把远道而来的客人迎接回来，太阳便慢慢升上了山冈，与客人游玩西湖，傍晚的时候，本来晴朗的天空，突然下了一阵太阳雨，可这烟雨朦胧的景色客人还没有来得及欣赏，却因不胜酒力而进入了梦乡。如此美妙、奇幻的晴雨景色客人是没有福气欣赏了，我当用一杯浊酒唤来水仙王一起欣赏。”

这里的水仙王也是有典故的，西湖旁边有一个用来祭祀钱塘龙君的水仙庙，所以人们又管钱塘龙君称为水仙王。

第二首小诗则更为美妙与新奇，把西湖之美比作四大美人之一的西施：“在夕阳的照耀下，西湖的风景水波潋滟，一缕缕阳光穿过烟雨朦胧的水雾，温暖地照耀在湖水上，远处的山色在烟雨里时隐时现，悠远而又葱茏，这优美的景色真的是漂亮到了极致。这西湖的美景与美丽的西施又有什么差别呢，无论是淡妆也好，浓妆也罢，这天生丽质和迷人的神韵总能迷醉了人们的眼睛。”

是的，苏轼对西湖是有着特殊的感情的。西湖十景中的三潭印月和苏堤春晓都和苏轼有关，而后人更是把苏轼筑建的堤坝称为“苏堤”。苏轼一生虽然经历过无数次的劫难，但只要朝廷用他，他都会义无反顾地去赴任，每到一处，都会留下自己的美名，成为当地百姓心目中的父母官。

苏轼曾在杭州担任龙图阁学士一职，在任职期间，他发现西湖因为常年缺乏疏通而湖水枯竭，让美丽的西湖景色不在，生活在西湖边上的百姓们的生活极为艰辛。苏轼亲自上阵，与当地官员和百姓们一起参与修筑、疏浚西湖的伟大工程之中。因为有了苏轼的参与，杭州的百姓们不分男女老少，都主动参与了进来。苏轼带领当地百姓开除葑田，恢复西湖旧观，并在湖水最深处建立三塔，这三塔就成了今天的西湖十景之一的三潭印月。

苏轼又把从西湖里挖出的淤泥筑成了六个堤坝，从此，后人称这些堤坝为苏堤，苏堤上绿柳成荫、鸟语花香，波光树影，从此这里又成为西湖十大景观之一的苏堤春晓。

# 江城子·记梦

苏轼

十年生死两茫茫。不思量，自难忘。千里孤坟，无处话凄凉。

纵使相逢应不识，尘满面，鬓如霜。夜来幽梦忽还乡。

小轩窗，正梳妆。相顾无言，惟有泪千行。料得年年肠断处，明月夜，短松冈。

心系天下的男儿，也定有柔情似水的一面。苏轼的这首《江城子·记梦》被称为天下第一祭文，一直被后人模仿，却从来没有被超越。苏轼的这首诗词是为祭奠自己的结发妻子王弗而作，可以说这首诗词字字用心、句句用情，苏轼把自己对妻子的思念、自己独活世上的孤单一一融入诗词之中："我们阴阳两隔转眼已是十年。相互思念却无法相见，让内心充满迷茫。不想去想念，内心却难以忘怀。你的孤坟在千里之外，再也没有人能听我去诉说人世间的沧桑与凄凉。如果我们真的能再相逢，你应该也不会认识我了，容颜结满了尘世的霜雪，两鬓也已经长出了白发。夜里做了一个梦，突然就回到了故乡。我为你描眉梳妆的身影成双成对倒映在轩窗上。执手相视，千言万语都被堵在心里，唯有泪水不断地流淌。明月就照在你的孤坟上，那里就是我相思肠断的地方。"

苏轼一生共三个妻子，并且三个妻子与苏轼的感情都非常深，可惜这三个女子都是红颜薄命之人。第一个妻子王弗，是苏轼青梅竹马的爱侣，苏轼十七岁，王弗十六岁那年，两个人喜结连理。王弗是一个集聪明、智慧、灵气、美貌于一身的大家闺秀，文学上她是苏轼的知音，生活里她是苏轼挚爱的伴侣。生在官宦人家的王弗，对于观察一个人的性格和为人更是有着敏感的触角，她能通过这个人的言行观察出这个人是可交、可信之人，还是不可交、不可信之人。可惜，她只与苏轼生活了十一年，便离开了人世。苏轼对妻子王弗思念至深，在王弗离世十年后，他晚上做梦梦到王弗，便写出了这首千古第一祭文《江城子·记梦》。

王弗去世三年后，苏轼与王弗的表妹王闰之成婚。王闰之比苏轼小十一岁，但她仰慕苏轼的才气与那身正义之气，她不仅精心照顾着自己表姐王弗与苏轼生下的两个儿子，并且还精心照顾着苏轼的衣食起居。王闰之跟随苏轼二十五年，经历苏轼被贬入狱、“乌台诗案”等一系列的灾难，但她用自己执着的爱照顾着苏轼，从不言离散，可惜因为常年的奔波与劳累，王闰之也因病离世了。苏轼悲伤不已，他给王闰之写祭文道：“我曰归哉，行返丘园。曾不少许，弃我而先。孰迎我门，孰馈我田？已矣奈何！泪尽目乾。旅殡国门，我少实恩。惟有同穴，尚蹈此言。呜呼哀哉！”苏轼去世后，弟弟苏辙将他与王闰之合葬在一起，实现了祭文中“惟有同穴”的愿望。

王朝云是苏轼的第三个妻子，也是带给苏轼快乐最多的一个人，她年轻、美貌，充满才气和阳光，给苏轼的生命注入了新的血液，可惜王朝云也是红颜薄命之人，给苏轼生下第二个儿子后，便离开了人间。悲伤过度的苏轼，经不起官场上的失意和丧妻之痛，在王朝云去世的第二年，一代文豪也为自己的生命永远地画上了休止符。

苏轼的一生，虽然充满坎坷和怀才不遇的痛苦。但他的一生同样是精彩的，携着爱情、亲情与友情在最深的人间烟火里活得坦然而又从容。

# 杨万里·接天莲叶无穷碧

## 晓出净慈寺送林子方

杨万里

毕竟西湖六月中，风光不与四时同。
接天莲叶无穷碧，映日荷花别样红。

载着满舱汉字的小舟，再一次从大宋王朝的历史扉页里驶出，驶进你的江南。我不知道哪一扇窗里有你，只好寻着汉字行走的方向行走，期待与你在盛大的故事里相遇。听旌旗飘荡，看醉眼迷花。

让笔尖从最美的宋词里，打开南宋著名文学家、爱国诗人、南宋“中兴四大诗人”之一杨万里的写意人生。《晓出净慈寺送林子方》是杨万里在西湖的净慈寺送别自己好友林子方时的一部作品：“毕竟已经是六月的天气，西湖的风光自然就与别的季节有了明显的不同。那些一眼望不到边际的荷叶接天连地，阳光下，那些粉红色的荷花更是娇艳无比。”

本首诗词以层层递进的写作手法，先从时间再写到风景，望着诗里的美景，读着诗意里的欢快与惬意，内心突然就明朗了起来，在这人生的得失之间，我们如果学会放弃，懂得感恩，明白自己到底想要的是什么，那么，我们定会找到另一份的人生快乐。如这首《晓出净慈寺送林子方》里写到的场景一般，伴着三五知己，漫步在风景无限好的大自然中，无论是身还是心都是一种美好的快乐与享受。什么名，什么利，也只不过是过眼云烟后的风轻云淡罢了。

那么杨万里究竟经历了怎样的辛酸人生，才让他突然回归自然，变得快乐而又洒脱起来的呢？他的一腔男儿热血、远大抱负实现了没有？

## 寒食上冢

杨万里

迳直夫何细！桥危可免扶？远山枫外淡，破屋麦边孤。

宿草春风又，新阡去岁无。梨花自寒食，进节只愁余。

杨万里的这首《寒食上冢》是写给自己父亲杨芾的诗词：“这条小路可真是又细又长！那座年久失修的桥已经变成危桥，不能再用手扶栏远眺。远处山上的枫叶被朦胧的薄雾萦绕，让风景变得很淡。一座破败的小屋就立在麦田边上。那些野草被春风一吹，一夜间又茂密了许多，那条刚刚开通不久的小路，被野草覆盖上找不到了。梨花在清明时节纷纷开放，每当到了这个季节，我都会因为思念你而心生出许多悲伤。”

杨万里是一个知情、知性的人，他对他的父亲孝敬有加。他在文学上取得的成就和他宠辱不惊、正直、爱国的性格无不与他的父亲有关系。杨万里的母亲体质虚弱多病，当她生下杨万里的时候，身体越发虚弱，再加上家庭生活拮据，她总是努力让自己支撑着不倒下。可在杨万里八岁那年，她的生命终于走到了尽头，永远离开了自己深深爱恋的这个尘世。

杨万里的父亲杨芾是宋朝最知名的大孝子，至今在杨万里的故乡吉州吉水一带还流传着“杨芾背米”的故事，杨芾虽然家庭贫穷，但却是一个至善至孝之人，每次到集市上帮人写书信挣来的钱，总是买了酒肉送给父母。绍兴五年（公元 1135 年），杨万里的故乡遇到大灾，田地里的庄稼颗粒无收，杨芾看父母日渐消瘦，心疼不已，他便步行到百里之外买来米背着往家赶，结果走到半路遇到了强盗要夺走他的米，杨芾恸哭不已，对强盗说：“我背的这些米并不是我吃的，父母已经三日粒米未进。”强盗被杨芾的孝心感动，把米归还杨芾，并护送他过了最危险的路段。

杨芾不仅是一个至善、至孝之人，他更是精通《易经》、爱书如命的人，常常忍饥挨饿也要把自己看中的书买到家中，日积月累下来，杨万里的家里几乎成了一个大大的藏书阁。在父亲的影响和教育下，杨万里也爱书如痴，整日把自己泡在墨香书海之中，再加上他对文字天生的灵感，杨万里的名气渐渐就传扬了出去。

因为杨芾为人正直善良，性格开朗大方，虽然他一生贫穷和时局动荡并没有为自己谋得一官半职，但他却结识了许多当时美名远扬的文朋诗友。在父亲的介绍下，杨万里十四岁拜高守道为师，十七岁拜王庭程为师，二十一岁拜刘安世、刘廷直为师。在他二十七岁的时候，又拜刘才邵为师。后来，在父亲介绍下又认识了在南安的张九成和途经赣州的胡锥。这些人在当时的文学界与政界都是响当当的人物，他们文才的出众，政治上的刚正及他们视死如归的爱国情操，无不一一影响着杨万里以后的人生之路。

杨万里二十七岁中进士，二十九岁进入仕途担任赣州司户参军，在这期间，杨万里的父亲杨芾又带着杨万里认识了一大批的爱国人士，杨万里生活的年代，金国已经开始侵犯中原，杨万里成为主战派的一员，誓死要求皇上抵抗。

## 初入淮河四绝句

杨万里

其一

船离洪泽岸头沙，人到淮河意不佳。何必桑乾方是远，中流以北即天涯！

其二

刘岳张韩宣国威，赵张二相筑皇基。长淮咫尺分南北，泪湿秋风欲怨谁？

其三

两岸舟船各背驰，波浪交涉亦难为。只余鸥鹭无拘管，北去南来自在飞。

其四

中原父老莫空谈，逢着王人诉不堪。却是归鸿不能语，一年一度到江南。

这首《初入淮河四绝句》看似内敛而又波澜不惊，可如果细读，其中却像是有一团火焰在燃烧，而这团火焰足可以点燃起人们的爱国情怀，誓把敌人赶走的豪情壮志。此诗作于淳熙十六年（公元 1189 年），那时的杨万里在京城任秘书监，奉光宗皇帝之命，到边境去迎接金国使者，而这首诗就作在他迎接金国使者的路上。

明明知道是敌人，明明知道这使者是黄鼠狼给鸡拜年，但因为自己身居在这个位置，又不得不去迎接，所以行走在迎接的路上，横渡着江淮，望着宋朝的大好河山被金人一点点侵占，淮河成了南宋的北部边界，两岸的骨肉乡亲，不能自由往来，杨万里悲由心生，想起了抗金英雄岳飞、韩世忠等爱国将领的壮烈，触景生情，一气写出《初入淮河四绝句》，来激励世人爱国的情怀。

“船驶离洪泽湖，波浪拥着岸边的飞沙，刚刚才来到淮河，心里便充满哀伤。更不要说到遥远的桑乾河了，淮河中流线以北便是天涯的边际。刘锜、岳飞、张俊、韩世忠这些一心为国的大将抗金为国，赵鼎和张俊二贤相奠定了国家基业。淮河两岸咫尺之间南北分裂，秋风中挥洒泪水，河山失色应该怨恨谁？淮河中的舟船相背而驰，连激起的波痕接触一下也难以做到。只能看到天上的鸥鹭无拘无束、自由自在地在南北岸之间飞翔。中原的父老们没说一句客套话，遇到我这个皇帝使者诉说着不能忍受金朝压迫之苦，不能与江东父老自由往来的辛酸。反而是不会说话的鸿雁，还能够一年一度回到江南。”

杨万里的心如翻江倒海一般地难过着，在他的人生字典里从来不知道“附庸攀贵”这个词怎么写，所以带着悲痛情绪的杨万里，自然就无法完成皇帝派给自己的使命，终于走到半路抗旨而回。杨万里的举动，让皇帝极为生气，一道圣旨下来，让杨万里直接留在江东出任江东转运副使，让其不得再返回京城。

而此时朝廷为了增加国库收入想要在江东增加铁钱，杨万里感觉这样的举止对民众百害而无一利，他便抗旨拒不奉诏。结果，杨万里再一次遭贬为乞祠官。望着腐败的朝廷、金兵的入侵，杨万里知道自己的抱负真的无法在朝廷中实现，没有直接上任，从此辞官回家，再不出仕。

杨万里一生写出了大量的爱国诗篇，让这些诗篇成了无数爱国人士的精神寄托。写到这里，就要把与杨万里同甘共苦、不离不弃、一生相伴的妻子罗氏，请入杨万里的生命中来了。

## 不睡

杨万里

夜永无眠非为茶，无风灯影自横斜。
拥裯仰面书帷薄，数尽承尘一箪花。

其实翻尽杨万里留存后世的四千多首诗里，却难找得到杨万里写给自己妻子罗氏的诗词，但却能找到许多杨万里写亲情和孩子顽皮的诗词。因为杨万里一生嗜茶如痴，所以便把他的这首《不睡》也归于了他因为喝茶太多而失眠的诗词之中。但从这里，诗人一入笔便直接向读者交代得非常清楚：“夜永无眠非为茶”，所以杨万里今夜的失眠并不是因为饮茶过多造成的，那么他失眠的真正原因是什么呢？接着诗人把月光下小屋里的静就体现在了第二句的“无风灯影自横斜”之中，那么没有风，灯的影子为什么会被风吹着一般自己就横斜了呢？诗人拥着绸被对着透明的帷幔让自己的思绪飘荡到哪里去了呢？许多回忆都在脑海中呈现，而历经沧桑后，那个人的身影却是越发在自己的脑海中清晰，所以诗人用“数尽承尘一箪花”来作为整首诗的结尾，给了读者意味悠远的想象空间。

其实这首诗词是因为杨万里思念自己的妻子罗氏而借茶喻人的一首诗词。那一朵花，指的便是自己的妻子罗氏。

罗氏也是名门之后，十六岁嫁给杨万里为妻，她爱的是杨万里的才气与那一身的正义和他思想里的积极向上与明媚温暖。无论是杨万里位居高官，还是杨万里落魄失意，罗氏都一直保持着一个真实的自我，如杨万里的性格一般宠辱不惊，无论杨万里是不是位极人臣，她的生活永远过得节俭而又贫穷。罗氏一生给杨万里生了四个儿子，三个女儿，并且孩子们都是吃自己的奶长大的，她对杨万里说："让饥饿人家孩子的母亲，来哺养我自己的孩子，这种事情是我所不忍心做的。"

杨万里的儿子与女儿们个个品行端庄，文才出众。而杨万里更是一生只娶了罗氏一个女子为妻，夫妻恩爱，牵手一生。说起罗氏，在民间还广为流传着"杨罗出俸"的故事，这故事主要讲的便是杨万里妻子的贤惠与通达。

杨万里的儿子因为受爷爷和父亲的影响，同杨万里一样精忠爱国，因为他文武双全而成为元帅。儿子知道母亲生活节俭，怕母亲不舍得吃穿，便把自己用心积攒的俸禄送给母亲以贴补家用。那时候的杨万里在京城做着任枢密院检详官兼太子侍读，可谓是权高位重。杨万里的儿子又任大元帅的职务，但罗氏在家生活的却是节俭至极，家里阶沿用泥土堆砌而成，像农人一样简陋的屋子，冬天被寒风一吹冻得人瑟瑟发抖。为了节省开支，罗氏更不会请厨师到家里给自己做饭，每天她都会自己早起到厨房亲自做饭熬粥让家里的用人们吃饱喝足了再去干活。据民间传说，她八十多岁高龄时，还在自己家的菜园里种了苎麻，亲自纺绩不肯懈怠。

当罗氏收到儿子的钱后，罗氏便以自己身体有病为由，把薪俸尽数分给了家里的下人和邻居，她说："我的福分很薄，得到了这种薪俸，就会惹出毛病来了，所以我把它都分散了。"

杨万里因为不得志而回归后，罗氏从此和杨万里共游在最美的风景之中，伴随在杨万里身边不离左右。而杨万里的心似也找到了归宿，让自己的文字灵感在爱情的滋润下，在最美风景的激发下，一发不可收拾，写出了流传后世的《诚斋集》。而"诚斋体"让杨万里的诗歌独成一家，成为一种独立的诗歌体裁，成为后世许多文学爱好者模仿的诗歌体裁。

# 晏几道·醉别西楼醒不记

## 蝶恋花·醉别西楼醒不记

晏几道

醉别西楼醒不记。春梦秋云，聚散真容易。斜月半窗还少睡。画屏闲展吴山翠。

衣上酒痕诗里字。点点行行，总是凄凉意。红烛自怜无好计。夜寒空替人垂泪。

大宋一代名相晏殊，做梦也不会想到，他一生宦海浮沉、叱咤风云，不知道向朝廷推荐了多少良将名帅，可最后他的儿子晏几道却一生仕途坎坷，历经人生沧桑。他也更不会想到晏几道的诗词造诣会高于自己，在后世能与他同样被世人称道。

从这首《蝶恋花·醉别西楼醒不记》里打开晏几道的风雨人生，在这悲秋伤月、醉眼迷花的西楼里，晏几道是沉醉不知归路，还是在用酒和美女故意麻醉自己郁郁不得志的神经：

什么时候迈着醉态的步子离开西楼的，醒来后已经全然忘记。好像春梦秋云，人生的聚聚散散实在一般。望着越广透过窗子斜斜地照进房间，我依然无法入眠，屏风上彩色的画卷里呈现着吴山的青山绿水。沾着衣衫上的酒迹写下喝醉的诗行，字里行间，总是有迷离凄婉的意境在荫翳。对着红烛孤影自恋，寒夜里空流下伤心泪两行。

受父亲词风的影响，晏几道的小词可以说是青出于蓝而胜于蓝，在晏殊的七个儿子中，晏几道完全秉承了父亲文字的天赋，聪明而又敏感，只有五六岁的年龄便出口成章，所以晏几道的才华一直是晏殊引以为傲的。晏几道天性与众不同，虽然生在富贵人家，却没有一点公子哥儿的恶习和娇纵，小小年龄就会悲花伤月，看得懂儿女私情。

一次，晏殊在家款待客人，为了在客人面前一展晏几道的才华，便让家人把只有七岁的晏几道领来给众人吟诗作赋。小小晏几道长得皮肤白皙，唇红齿白，浓眉下那双大大的眼睛，如水洗一般纯净，可以让人从这个孩子的眼睛里，一眼望到他干净的灵魂。可是当晏几道张口把诗吟出来的时候，却惊得在场所有人员差一点下巴掉下来。只见晏几道学着大人平日吟诗的样子，背起自己的小手，迈着小步，张口便吟咏出了柳永《凤栖梧》里的诗句："酒力渐浓春思荡，鸳鸯绣背翻红浪……"

晏几道话一出口，所有望着他的目光都惊呆了，心里不能明白这小小年纪的孩子怎么会吟出如此诗作。晏殊更是一个巴掌落到了晏几道那白皙如瓷器一般的小脸蛋上，然后让奶妈迅速把他抱下。结果教他吟诗识字的老师，也被当场打发回家。

是的，这就是晏几道，一个与众不同的晏几道，一个痴情、痴心被世人称为"情痴"的晏几道。虽为宰相之子，却不与世俗同流合污，在他的眼睛里万物的生命没有高低贵贱之分，每一个生命都值得他去爱惜去尊敬。

# 蝶恋花

晏几道

小莲未解论心素，狂似钿筝弦底柱。脸边霞散酒初醒，眉上月残人欲去。

旧时家近章台住，尽日东风吹柳絮。生憎繁杏绿阴时，正碍粉墙偷眼觑。

是的，晏几道这首《蝶恋花》是写给他的初恋情人小莲的一首词：此词的上半阕：“指尖下的琴音里，饱含着小莲对心爱人的热烈爱恋，当这份爱情到了极致的时候，爱便如小火苗一般，点燃的心儿发慌发狂。心里爱着、狂着，口里却又不会表达。于是，美丽而又才艺双绝的小莲便让指尖下的琴弦如大珠小珠落进了玉盘一般，向心爱的人儿诉说着爱慕、爱恋之情。就这样两个人缠绵在爱情中，忘记了时间。当腮边的红霞渐渐散去，浅醉而又狂态的人儿将从醉酒中醒来时，挂在柳梢上的那轮残月也将要坠西，心爱的人儿不得不就此离去。”

这里写出了晏几道内心对心爱姑娘的深情厚谊，爱情浓到两个人不愿意分开一分一秒。

下阕的意思是追忆小莲的身世：“小时候的家居住在章台附近，自从家道没落之后，身陷烟火红尘之中，心如浮萍一般飘零着。”这里的“吹柳絮”指的是居无定所，漂泊流浪。最后两句更是写出了小莲对这份爱情的执着与狂热，憨态里带着小女人的娇羞：“最可恨的是那个杏花挂枝头绿树成荫月色渐暖的日子，我与你在粉墙下相遇，只是一眼，便彼此心生了爱恋。”

爱情的美好，就这样被晏几道写进了这首《蝶恋花》之中，如一朵洁白的莲花一般怒放在彼此的心中，胜过世俗、胜过名利、胜过生命里遇到的一切事物。

可是世俗永远是世俗，一个宰相之府的公子，想娶一个沦落烟花柳巷的红尘女子等于是痴人说梦。晏几道与小莲爱着恋着、却又悲着伤着。等一切恩爱过后，却也空留下人生最长的思念罢了。

晏殊爱晏几道的经天纬地之才，却又恨着他深陷烟花柳巷的风流。他想让自己的儿子走仕途，想让自己的儿子有出息。所以开始晏几道严加管教。写到这里，不由得让人想起《红楼梦》里贾政对贾宝玉那顿暴打。他想打掉的是贾宝玉身上的脂粉气，想要把世俗的功名利禄植入进自己爱子的心中。

虽然小莲不见了，但他却依然沉浸在烟花柳巷之中，寻找着一个又一个如小莲一般的姑娘。让人想起贾宝玉身边那些红粉知己们，可是众姐妹中，唯一懂他、知他、惜他、恋他的也只有林黛玉罢了。可这懂了、知了、爱了、恋了又能怎样？只空留最深的疼痛罢了。后来晏几道又与鸿、蘋、云三位歌女先后认识，从她们的身上，晏几道总是会看到小莲的影子，小莲对她狂热而又依恋的爱情。可是当回归现实的时候，他却又发现她们都不是小莲。

可是晏殊错了，晏几道天性痴呆，在他的心里只有自己的一个小世界，这个世界里唯女子最干净，这个世界里永远容得下“世俗”两个字。

## 鹧鸪天·十里楼台倚翠微

晏几道

十里楼台倚翠微。百花深处杜鹃啼。殷勤自与行人语，不似流莺取次飞。

惊梦觉，弄晴时。声声只道不如归。天涯岂是无归意，争奈归期未可期。

晏几道的这首《鹧鸪天·十里楼台倚翠微》意境悠远、悲伤叹婉，本首诗词以景入情，把一个流浪在外的游子无家可归的孤寂与落寞都一一描写而出：

在这刚刚泛出绿色的春天，我独自矗立在十里楼台边，在百花深处我听到了杜鹃的啼叫声。不像那些渐次飞过的流萤悄无声息，杜鹃那一声声的啼叫，像是在与过往的行人说话。梦突然被这啼叫声惊醒，不知道阴霾的天空什么时候已经放晴。而杜鹃还在不停地对着过往行人叫着“不如归去”，行走在天涯的游子啊，又怎能不思念自己的故乡，只是他自己都不知道何时才可以返回故乡啊。

晏几道这首《鹧鸪天·十里楼台倚翠微》写于他人生最落魄的时期，一个人羁旅在外，生活窘迫，仕途坎坷。作为相府里的公子哥，晏几道的生活怎么会突然变成这个样子的呢？

晏殊是一代名相，为人低调而又谨慎，更是以节俭著称，晏殊没有离世之前，晏几道衣食无忧，但在晏几道二十六岁那年，晏殊因病离世了。有父亲这棵大树帮自己遮阴避凉，晏几道可以屏蔽掉世俗里所有的冷眼活着自我，别人也无法拿他晏七公子怎么样。可是，晏殊死了，自己赖以生存的大树一夜之间倒下，世俗里的砖头和冷眼便劈头盖脸地向晏几道砸来，生活完全陷入了混乱之中。

晏几道生性高傲，一生不肯向权贵低头，更是不肯去求曾经得到过父亲提拔和任职的官员，晏几道家道中落后，可以说一下从生活的天堂跌入了世俗的地狱。官场里他不会周旋，空有满腹经纶，却无用武之地。

那时晏几道的名气与苏轼、黄庭坚齐名，晏几道也曾因为自己的高傲错失了一次与苏轼见面的机会，也是唯一一次这样的机会。苏轼非常欣赏晏几道的小令，一次亲自来拜访晏几道。晏几道从破旧的屋子里对苏轼道：“当今朝廷高官，多半是我晏府当年的旧客门生，我连他们都无暇接见，更何况你！”站在门外的苏轼一下愣住，当时的苏轼名满天下，善交天下文朋诗友，而当时那些学子们，无不以交到苏轼这个朋友而感到荣幸，但晏几道却拒绝了与苏轼相见。最后，苏轼捋捋胡子，含笑离开。

再后来，当时的权臣蔡京想请晏几道到自己的府上写诗，晏几道同样不给他面子，连着拒绝了蔡京的两次邀请。

我想，晏几道不愿和这些权臣们为伍一定是有着他自己的道理吧，当时的大宋王朝已不再是他父亲那时繁荣的光景，朝廷腐败、金兵入侵、革新派与守旧派两派之争。晏几道一直到四十岁的时候才不得已为生计做了一个许田镇监的小吏，后来又做过开封府推官小吏，但这样没有权利的小官吏，要想为百姓办点实实在在的事情真的是难上加难，晏几道放荡不羁的性格怎么能受得了这样的束缚，正当壮年的他在不到返老还乡的年龄，就申请退休，返回京城居住到了自己家的旧宅院中。

## 临江仙

晏几道

梦后楼台高锁，酒醒帘幕低垂。去年春恨却来时，落花人独立，微雨燕双飞。

记得小蘋初见，两重心字罗衣，琵琶弦上说相思。当时明月在，曾照彩云归。

晏几道的这首《临江仙》是他《小山令》中的一首词，这首词前半段的意思是："从醉梦中醒来，观望眼前的景色，除了紧锁的楼台，便是在月色下低垂的帘幕。去年春天的离恨别愁都袭上心头，微雨中那些成双成对的燕子双双飞行，而落花下只有我一个人独自站立。"高锁的楼台、微醉的酒意、落花中独立的人、微雨中双飞的燕子，此景、此情怎么能不让人心生回忆与思念。

后半段笔锋一转，便又是以回忆开始："记得是与小蘋初遇，她身穿心字绿罗纱衣，相貌俊美，身材婀娜，怀抱琵琶，低垂明眸，轻拨珠弦，浅唱里诉说相思之苦。当年的明月依然悬挂在夜空中，可我思念的人儿，却与我遥隔天涯与海角。"

晏几道在尘世中一直保持着高贵的真我，他的一生又是孤单的，他感觉在这个尘世间，自己就是一粒微小的沙砾，那么努力地舞蹈着自己的人生。有时，为了生存不得不小心翼翼、委曲求全。所以他为自己取号小山，而自己的诗集取名叫《小山词》。而晏几道的好友黄庭坚在为他的《小山词》写序时，更是总结他有"四痴"："叔原，固人英也。其痴亦自绝人……仕宦连蹇而不能一傍贵人之门，是一痴也；论文自有体而不肯一作新进士语，此又一痴也；费资千百万，家人寒饥而面有孺子之色，此又一痴也；人百负之而不恨，己信人终不疑其欺己，此又一痴也。"这也是后人又送晏几道为"四痴公子"的由来。

晏几道在他的《小山词》里，曾出现多个女孩子的名字，像碧玉、念奴、小琼、玉真、玉箫、阿茸等，因为晏几道以"情痴"著称后世，所以世人猜测这些女子的人名，都是与晏几道有着爱情瓜葛的女孩子们名字，但也有说这是晏几道对自己深爱的唯一女孩子最深刻的思念。相见无缘，只有常常把此情寄予梦中，以重温往日之甜蜜。

梁启超曾这样评晏几道的这首《临江仙》，说它"纯是华严境界"，学佛的人都知道一句话：“不读华严，不知佛家之富贵”，即言其包罗万象，思想之渊博、开阔不可想象。是的，从“梦后”到“酒醒”，从过往的繁华，到如今的寥落。晏几道用对比的写作手法，把一个唯美而又忧伤的爱情世界呈现在了我们的眼前，读来让人心醉又心碎。

陪晏几道度过后半生的是一个名字叫玉蝶的女子，这个叫玉蝶的女子知他痴心、懂他本真，惜他才华、怜他为人。当晏几道潜心书写《小山词》的时候，玉蝶在给他煮粥沏茶，把清苦的日子过得津津有味。让晏几道固守在小令的阵地里，书写着自己内心最真实的爱恋、思念与流浪。也正是因玉蝶的这份细心周到的爱，让晏几道修成《小山令》，让他的 260 首精美小词得以流传后世。

从晏几道人生路中，我们看到的是他一颗不与世俗同流合污的高贵灵魂，他的骨头像石头一般的坚硬，他的血脉却又像水一般柔情，爱上便会痴爱，轰轰烈烈过后，原来，幸福真的只是一场简单的清欢。

# 李之仪·只愿君心似我心

## 卜算子·我住长江头

李之仪

我住长江头，君住长江尾。日日思君不见君，共饮长江水。

此水几时休，此恨何时已。只愿君心似我心，定不负相思意。

司马相如用一曲《凤求凰》，弹写出来了他与才女卓文君的千古爱情传奇，而北宋词人李之仪的一首《卜算子·我住长江头》极美爱情诗词的背后，又开启了他怎样的爱情传奇故事，他的一生又经历了什么样的坎坷与磨难呢？李之仪这首让人望一眼便会记住一生的《卜算子·我住长江头》是写给谁的呢？让自己的笔尖穿越宋词的韵律，再一次来到繁华的东京汴梁，看流年翻转，看故事在历史的扉页里盛大开放。

公元 1048 年北宋词人李子仪，字端叔，自号姑溪老——出生在沧州无棣县（今山东省滨州市无棣县）一个普通百姓家里，也正是应了大宋王朝健全的教育制度，让那些家庭状况一般又有着文字天赋的人受到了良好的教育，李子仪也不例外，他的聪慧与对文字的灵感，很快引起了一个人的注意，这个人就是李子仪一生的恩师、人称北宋布衣宰相的范纯仁。范纯仁是范仲淹的第二个儿子，他受父亲良好家风的影响，一生为官清廉，更是在民间发现了大批人才进行培养，李子仪便是被范纯仁发现的，他亲自去拜访李之仪并收李之仪为弟子。有了范纯仁的教导，李之仪的才学可以说是突飞猛进，二十岁的李之仪考中进士，被任命为万全县令，从此走上了仕途。

写李之仪的故事，必须要把与他生命紧紧联系在一起的两个女子一起请进他的人生故事，也可以说这两个女人伴在他的身边，陪他度过人生的得意与失意，李之仪的原配妻子是北宋女词人、数学家、才情与胆识兼备的胡淑修。

## 蝶恋花・万事都归一梦了

李之仪

万事都归一梦了。曾向邯郸，枕上教知道。
百岁年光谁得到。其间忧患知多少。
无事且频开口笑。纵酒狂歌，销遣闲烦恼。
金谷繁华春正好。玉山一任樽前倒。

从李之仪的这首《蝶恋花・万事都归一梦了》里，我们看到了诗人在经历了人世沧桑后，内心依然豁达而又明朗的情怀，把世间万物万事都看成如梦一场的豪迈情怀。从李之仪的诗词中我们不难看出，他是一个情感细腻之人。是的，正是李之仪的妻子胡淑修让李之仪的性格变得开阔起来的。

胡淑修出身于书香门第，她的父亲胡宗质曾任职到翰林院大学士，胡淑修从小便聪慧好学，不仅诗词书画样样精通，并且数学天赋也异于常人，北宋科学家沈括每每遇到无法解决的数学难题，总是会亲自前去请教胡淑修，胡淑修每次都能帮他解答出来，沈括对胡淑修敬佩有加，并多次发出这样的叹息："胡氏如果是个男子，肯定是我的好朋友！"

胡淑修比李之仪大一岁，她仰慕李之仪的才华，李之仪仰慕胡淑修的美丽、端庄、贤淑与才能，李之仪十八岁那年与胡淑修结婚，新婚后，李之仪辞别胡淑修赴京应试，李之仪对妻子难以离舍。胡淑修温语相劝："君无以我为重，而使君有新婚惜别之议，凡晨昏致养，我之职也。"

作为范纯仁的得意弟子，李之仪的为官之道自然受着范纯仁的影响，一代布衣宰相范纯仁平日里家常便饭就是咸菜、稀粥加干粮，李之仪的生活与家庭作风同样与师父相近。作为守旧派，范纯仁与当时革新派的宋朝六大奸臣之一的蔡京之间有着不可调和的矛盾。公元 1101 年，李之仪守候在病重的范纯仁身边，当时范纯仁眼睛几近失明，无力握笔的范纯仁把自己一生的政治经历口述给了李之仪，不久，这个伟大的宰相永远离开人间。为了不辜负恩师对自己的期望，李之仪连夜把恩师的口述政治遗言整理成遗表呈现给皇帝，并为恩师范纯仁写了传记。可就是李之仪整理出来的这份遗表让权臣蔡京握住了把柄，蔡京心里明白，范纯仁一死，李之仪必定是他的接班人，他怎么能容得下朝廷里的清流与自己作对，挡住自己的发财之路，他千方百计、抠着字眼找出遗表中反对新法之语，并上书皇帝，诬陷李之仪杜撰遗表，辱骂新党，引发了一场文字狱，将李之仪逮捕入狱。

那时胡淑修在李之仪任职的河北邯郸一带居住，当她听说李之仪被打入大牢后，变卖家中财物，这其中竟然还包括他们冬天里御寒的棉衣，然后胡淑修连夜赶到东京汴梁，想尽一切办法营救李之仪。来到京城的胡淑修，为了让受了重刑的李之仪有一口热饭吃，把饮具排在了牢门外，李之仪望着妻子胡淑修，内心生出无限的感慨与感激，他甚至认为胡淑修就是上天派来营救他的活菩萨，为胡淑修写下：“熬熬内火战骄阳，鹤唳风声便着忙。波浪翻天谁与渡，却应甘井是慈航。”的诗句。

当胡淑修通过各种渠道打探到李之仪为范纯仁所书《行状》手稿落在一官员家中时，她便亲自上门请求那官员能把手稿归还自己，那官员迫于蔡京的威慑不敢归还。胡淑修心生一计，她用重金买通官员家的一位下人后，穿上他的衣服，穿堂入户，将手稿盗出。然后在其祖母的陪伴下入宫求助光献皇太后曹氏，曹氏对胡淑修智慧聪明、一心救夫的人品大加赞赏，不仅赐她“冠帔”一袭，还亲自把李之仪的手稿交到皇帝手中，帮李之仪平反，可那时的皇帝对蔡京等一帮权臣信任有加，虽然免去了李之仪的死罪，并没有再让他官复原职，把他贬到了太平州（今安徽省当涂县）。

## 次韵答李端叔

苏轼

喜接高谈若饮冰，风骚清兴坐来增。
重寻伐木君何厚，欲赋骊驹我未能。
山影北来浮汇泽，松行东望际锺陵。
相期烂醉西楼月，缓带凭栏濯郁蒸。

从苏轼的这首《次韵答李端叔》的诗词里，读到了苏轼与诗词中写到的李端叔两人在一起高谈阔论时的快乐与开心，更是看到苏轼与李端叔之间的情谊是多么深厚，他对李端叔是多么信任与喜爱。是的，李端叔就是李之仪的字，从李之仪留下的诗词与书信中常常能看到苏轼的名字，而宋朝一代大文豪苏轼留下的赐友人的诗词与书信中也常常会出现“李端叔”三个字，而苏轼与李之仪之间能建立如此深厚的师徒情谊，也与胡淑修有着最为直接的关系。

苏轼是个喜欢交友之人，他尤其爱与文才出众之人交往，只要读了这人的诗词喜欢了，往往会慕名前去拜访，谈得投机，自然就成了朋友。当苏轼读过李之仪的诗词后，一下就喜欢上了，他慕名前去拜访李之仪，当李之仪听说名扬天下的苏轼亲自来拜访自己，自然是欣喜若狂，两个人在家中把酒言欢，那时的胡淑修就悄悄坐在屏风后面听两人对话。听着苏轼的话语，胡淑修禁不住道：“我尝谓苏子瞻未能脱书生谈士空文游说之蔽，今见其所临事不苟，信为一代豪杰也！”从此，她极力赞成李之仪与苏轼交往，因为李之仪认识苏轼较晚，没有成为苏门四学士，但苏轼与李之仪的交情却并不次之。

苏轼在定州任职的时候，亲自点名让李之仪做自己的幕府，两人朝夕倡酬，谈文论政。所以李之仪的文风也继承了师父苏轼的文字风格，气势磅礴，傲骨凛然。苏轼在遭贬、遇难当别人唯恐避之不及的时候，李之仪却是那个与苏轼通书信最多的人。

可惜，胡淑修却并没有与李之仪白头偕老，被贬到太平州的李之仪日子也并不太平，先是女儿及儿子在三年内相继去世，接着，与他相濡以沫四十年的胡淑修也撒手人寰。那时的李之仪已经五十九岁，眼看就是花甲之人，一下变得孤孤单单，生活还如此窘迫，李之仪的人生在此到了最低谷，可此时，一个传奇女子却出现在了他的生命之中。

# 清平乐·殷勤仙友

李之仪

殷勤仙友。劝我千年酒。一曲《履霜》谁与奏。邂逅麻姑妙手。

坐来休叹尘劳。相逢难似今朝。不待亲移玉指，自然痒处都消。

因为丧妻失子，李之仪的内心绝望与孤独到了极点，让自己整日漫步在姑溪河畔，而李之仪孤独的身影早已落入一个绝色美貌的女子的眼睛里，她就是宋朝一代名妓杨姝。杨姝是个有情有义的女子，她早就爱慕李之仪的才华，当他听说李之仪常常徘徊在姑溪河畔时，便在河的对岸支起六弦琴，为他弹奏出《履霜操》用以安慰李之仪忧伤的心灵。

李之仪被杨姝的情谊深深地感动，写下《清平乐·殷勤仙友》表达对杨姝的感激之情，从这首诗词里，我们不难读出李之仪把杨姝比喻成神仙麻姑在世，正是这美妙的琴音化解了自己的忧伤。那时的杨姝只有十八岁，而李之仪已经五十九岁，所以他从内心只把杨姝当成红颜知己，当成可以诉说心曲之人。

但杨姝却向李之仪大胆地表达了爱意，让李之仪一颗压抑了许久的心得以爆发。李之仪为杨姝写下了大量的爱情诗词，而流传千古的就是本文开端的这首《卜算子·我住长江头》，只望一眼，我们便能读出这首诗词里的含义："我住在长江源头，你住在长江之尾。天天想念却又无法相见，而我们却同饮着长江之水。不知道相思何时停歇，长江之水何时不再源源流淌，只是希望你的心如同我的心，我一定不会辜负这份深情厚谊。"

是的，正是这首深情缱绻的《卜算子·我住长江头》，开启了李之仪又一次爱情大幕，李之仪因贫穷无法给杨姝赎身，杨姝就自己赎了身，然后与李之仪双宿双飞。李之仪也终于时来运转，他在这一年竟然官复原职，第二年，杨姝为李之仪生下一个儿子，在以后的三年里又接连为李之仪生下两个女儿，一家人其乐融融、幸福美满。

虽然李之仪在以后的时光里又经历了大起大落，甚至被迫与杨姝分开几年，可后来平反后，一家人再一次团圆。有了之前人生的经历，他早已洗尽铅华，看淡一切，因为他知道，自己拥有真正的幸福，当八十岁的李之仪在当涂永远闭上眼睛的时候，杨姝一直深情地握着他的手。

# 元好问·天南地北双飞客

## 摸鱼儿·雁丘词

元好问

乙丑岁赴试并州，道逢捕雁者云："今旦获一雁，杀之矣。其脱网者悲鸣不能去，竟自投于地而死。"予因买得之，葬之汾水之上，垒石为识，号曰"雁丘"。同行者多为赋，予亦有《雁丘词》。旧所作无宫商，今改定之。

问世间、情为何物，直教生死相许？
天南地北双飞客，老翅几回寒暑。
欢乐趣，离别苦，就中更有痴儿女。
君应有语：渺万里层云，千山暮雪，只影向谁去？
横汾路，寂寞当年箫鼓，荒烟依旧平楚。
招魂楚些何嗟及，山鬼暗啼风雨。
天也妒，未信与，莺儿燕子俱黄土。
千秋万古，为留待骚人，狂歌痛饮，来访雁丘处。

紫色的碗里盛满风沙，云涌起，大漠孤烟下，马蹄声踏破人世繁华。江湖里走着一匹老马，枯藤下，老枝发新芽。扉页里一山一水一卷诗书画，侠士儿女共剑走天涯。每当读到金末元初著名作家和历史学家、文坛盟主、北方文雄、一代文宗元好问的《摸鱼儿·雁丘词》时，眼前总是会呈现出金庸笔下的一方江湖景象。

元好问的这首《摸鱼儿·雁丘词》曾经是《神雕侠侣》里，为情所困的李莫愁的经典台词，随着这部电视连续剧的热播，人们更是把“问世间、情为何物，直教生死相许？”的千古绝句铭记于心，成为情侣离别、被情所困的人间痴男怨女们的解愁悲歌。把人间痴情，写到让人的灵魂舞动：“我想问尘世间，爱情到底是什么，直教这两只飞雁生死相随。无论是天南还是地北它们都比翼双飞，成双成对不知道飞过了多少个春夏秋冬。这世间有相聚时的快乐，自然也有离别时的痛苦，才知道，这世间总是有那么多的痴情儿女。你曾经说过：此去万里，走遍千山、历尽晨风暮雪，孤单的身影要奔谁而去？走在汾水一带的路上，这里当年曾经是汉武帝巡幸游乐的地方，每当武帝出行，总是箫鼓喧天，棹歌四起，何等热闹，而今却是冷烟衰草，一派萧条景象。即便招来武帝的魂魄，也再难恢复往日繁华。女山神独自悲啼，而死者却不会再归来。双雁生死相许的深情连上天也会嫉妒，殉情的大雁决不会和莺儿燕子一般，死后化为一抔尘土。他的名字将会千古流传，与世长存。有那么多文人墨客至此一游，狂歌纵酒，寻访雁丘坟地，留下墨宝诗词，来祭奠这一对爱侣的亡灵。”

这首诗词作于元好问十六岁那年去京城赶考的路上，在路上他遇到一个捕雁人对他说：“一只大雁被人捕获，另一只大雁从空中俯瞰直下，撞到崖石上让自己粉身碎骨。”生活在两个朝代更替夹缝中的元好问，看惯了世情的凉薄，人心的不蛊，内心生出了许多感慨，他当即买下这对大雁，把他们合葬在汾水旁，建了一个小小的坟墓，为这座坟墓取名叫“雁丘”，并执笔写下了这首千古流传的佳作来祭奠它们。

一代文坛盟主、作家、诗人、历史学家元好问就是这样一个心怀大爱与慈悲之心的人，万物生灵在他的眼睛里都是有生命与灵魂的，都是值得尊重与同情的。那么是什么经历成就元好问这样的性格呢？让我们从一首首诗词里开启他的诗意人生吧。

## 水调歌头·赋三门津

元好问

黄河九天上，人鬼瞰重关。
长风怒卷高浪，飞洒日光寒。
峻似吕梁千仞，壮似钱塘八月，直下洗尘寰。
万象入横溃，依旧一峰闲。
仰危巢，双鹄过，杳难攀。
人间此险何用，万古秘神奸。
不用燃犀下照，未必饮飞强射，有力障狂澜。
唤取骑鲸客，挝鼓过银山。

元好问的这首《水调歌头·赋三门津》，作于他游览三门津的时候，望着黄河之水翻转奔波时气势宏伟的景观有感而发，本词以景入情，上半阕主要描写黄河水波澜壮阔的气势、三门津地势的险要，人鬼难过。下半阕笔锋力挽狂澜，以古典旧事入笔，表达了词人心怀大志、努力进取、昂扬奋发、积极向上的思想。本词的写作手法层层递进、环环相扣、衔接得当、气势恢宏。

从小出生在书香门第的元好问，他的真正身份是北魏鲜卑族拓跋氏家族，魏孝文帝南迁洛阳时，改姓元。元好问的父亲元德明有兄弟三人，可除了元德明有三个儿子外，他的两个叔叔都没有儿子，元好问在家是老三，所以他刚刚出生三个月，便被过继给了叔叔元格。元格视元好问为己出，在培养元好问上可以说是下足了功夫，给元好问请了多名当时在文学上有造诣的人做他的老师。再加上元好问天资聪颖、本性善良，只有七岁的元好问被世人称为神童，美名远扬。

元好问十一岁的时候，嗣父元格在冀州任职。当时担任翰林侍读学士兼知登闻鼓院的路铎非常赏识元好问，并收元好问为弟子，对元好问悉心教导。在郝经写的《元遗山先生墓碣》中有这样的文字记载："年十一，从父官于冀州。学士路宣叔赏其俊爽，教之为文。"路铎，字宣叔。

元好问十四岁时，拜陵川大儒郝天挺为师。拜师第二年，元好问跟着恩师参加陵川西溪一个文学宴会，即席赋五言诗，立刻引起轰动，有人描述说"当时膝上王文度，五字诗成众口传"，将他与东晋名士王坦之相比。他的哥哥元好古对弟弟在五言诗方面的造诣佩服得五体投地，曾写诗赞扬元好问："莺藏深树只闻声，不著诗家画不成。惭愧阿兄无好语，五言城下把降旌。"

元好问虽学富五车、才高八斗，但他的仕途依然历经坎坷。他在战争的夹缝中一边努力参加科举，一边在游历中望着民间疾苦。

## 箕山

元好问

幽林转阴崖，鸟道人迹绝。

许君栖隐地，唯有太古雪。
人间黄屋贵，物外只自洁。
尚厌一瓢喧，重负宁所屑。
降衷均义禀，汩利忘智决。
得陇又望蜀，有齐安用薛？
干戈几蛮触，宇宙日流血。
鲁连蹈东海，夷齐采薇蕨。
至今阳城山，衡华两丘垤。
古人不可作，百念肝肺热。
浩歌北风前，悠悠送孤月。

元好问的这首《箕山》是他二十岁时的作品，那时的元好问从十六岁那年进京赶考，到十九时已经参加了两次科举考试，两次都榜上无名。可以说这首《箕山》深刻体现了元好问高尚的思想情操和豁达开朗的品德性格。而后此诗流传民间，传到了当时文坛盟主、时任礼部尚书的赵秉文的耳中，赵秉文对此大加赞赏，夸元好问说：“少陵（杜甫，字少陵）以来无此作。”于是元好问名震一时，被世人称为“元才子”。但不久蒙古兵围攻进了元好问的故乡，残忍杀害城内百姓十余万人，元好问的哥哥元好古也在这场战争中被杀害。为了躲避战争，元好问及幸免于难的家人不得不由山西逃难河南，并在豫西逐渐定居下来。

可现实好像与元好问一直开着玩笑，一转眼元好问已经三十二岁，他人生的又一个十六年就这样过去了，他的文学成就如日中天，他阅读汉朝以来各大名家的著名诗词，写出了许多诗词赏析，为后人留下了可查考的证据。但元好问的仕途屡屡失败，三十二岁这年好不容易考中进士，又被诬陷为“元氏党人”，性格耿直的元好问拒绝了此次朝廷的任用，一直又等了三年，再一次参加应试，高中举人，在赵秉文的极力推荐下，元好问终于正式进入仕途，壮志得伸。

金哀宗正大三年（公元1226年），三十七岁的元好问被任命为河南镇平县令，一年后转任内乡县令。由于天灾兵祸田园荒芜、百姓生活困苦，元好问一到任就大刀阔斧地改革，让田园凋敝的内乡，逐渐呈现出田园葱绿、农事繁荣的景象。元好问在四十二岁的时候，又出任过南阳县令，他到任那年，南阳时值大旱，元好问望着困苦的南阳百姓，心疼不已，连连向朝廷上书，终于争得了减免三年赋税的政策，使当地百姓得以休养生息，元好问被评价为“善政尤著”。

可金朝政府已经腐败到极致，被蒙古铁骑践踏得面目全非，元好问无法也无能力改变新旧两个朝代的交替。

## 鹧鸪天·只近浮名不近情

元好问

只近浮名不近情，且看不饮更何成。
三杯渐觉纷华远，一斗都浇块磊平。
醒复醉，醉还醒，灵均憔悴可怜生。
离骚读杀浑无味，好个诗家阮步兵！

这首《鹧鸪天·只近浮名不近情》上半阕的大致含义是：“这世间只追求功名利禄却又不近人情的人，他就是不饮酒，一生也不见得有什么成就。三杯酒喝下后，只感觉自己渐渐远离了尘世繁华，当把一斗都喝光的时候，更觉得这酒把心头的苦恼、忧伤与不平都浇没了。”下半阕词人直抒胸臆：“我酒醒了又喝醉，喝醉了却又醒。屈原说自己‘众人皆醉我独醒’，这样的话让人感觉他的平生真的既憔悴又可怜。他的《离骚》，读来读去也觉得索然无味了起来，还是学爱酒的诗人阮籍吧，在美酒中让自己彻底醉一次。”

元好问的这首《鹧鸪天·只近浮名不近情》是他晚期的作品，从作品里，我们看到元好问历尽人世沧桑后的无奈、辛酸与绝望情绪，词人以酒消愁，为自己远大抱负无法实现而感到悲伤。

公元 1232 年，蒙古大军包围汴梁，元好问也为他的人生迎接来了最为艰险的一次考验，在儒家文化里，文人最讲究气节，可金哀宗逃出京城后，次年兵变成功的元帅崔立，自封郑王，并开城迎接蒙古军队，避免了蒙古军的大屠城，崔立自以为自己有功，要求元好问抹去宋徽宗所立“甘露碑”字迹，在此碑上为自己立传。

为了保全气节与性命，元好问与自己的弟子刘祁费尽了心思，绞尽了脑汁，最后终于以平铺直叙的方式敷衍成文，记录下了崔立这次兵变的全过程，既没有赞扬，也没有贬责，让世人知道只是有这么一个事件发生。

可生活对元好问的磨难并没有结束，公元 1233 年，中原基本全部沦陷，元好问被蒙古军羁管于山东聊城，虽然身体得不到自由，但却无法阻止元好问思想的自由，他开始着手记录金朝的历史，把他大半生遇到和听到的友人及著名诗人的作品都一一记到小纸条上，让这些宝贵的文化财富得以流传后世。同时，元好问以为人撰写碑铭的方式，通过记述人物的事迹来叙述历史，写出当时社会的变化。

后来，得到自由的元好问回到家中后，又用了二十年时间，终于完成了《中州集》《壬辰杂编》等数部鸿篇巨制。《中州集》是一部金代诗歌总集，收录了诗词 2116 首，意在“以诗存史”，开创了我国历史上断代诗史的新体例。

一个对文字执着、对生命执着、对信仰执着的人，自然对爱情也是执着的，在这里是时候把元好问一生唯一的妻子张娴请出来了。

## 三奠子离南阳後作

元好问

帐韶华流转，无计留连。行乐地，一凄然。
笙歌寒食後，桃李恶风前。连环玉，回文锦，两缠绵。
芳尘未远，幽意谁传。千古恨，再生缘。
闲衾香易冷，孤枕梦难圆。西窗雨，南楼月，夜如年。

元好问十八岁时与妻子张娴结婚，那时张娴只有十六岁，张娴也是出生书香世家，颇有才华，在元好问最不得志的日子里，她不离不弃坚持相守，一生为元好问生下四个儿子，五个女儿。而元好问对爱情也是忠贞不渝，一生只娶张氏一人为妻，无论走到哪里，从不进花街柳巷，更是没有任何绯闻传出。

这样简单、简朴而又幸福的生活维持了二十四年，元好问四十二岁去南阳任县令那年，张氏因为身体本就虚弱再加上连日的奔波劳累一病不起，不久便与这个尘世做了永远的告别。

而那时的元好问正好被元军押解中，不能送妻子最后一程，悲伤不已的元好问一连为妻子写了三首祭词，这首《三奠子离南阳後作》便是元好问写给妻子的第三首祭文，这首词用一个“怅”字开笔，让人一下就读出了词人心中的悲伤与对爱妻的怀念之情。接着元好问用温婉的诗行回忆着与妻子恩爱相守时的美好时光，在本词的下半阕，深刻融入了元好问对妻子的思念之情，夜雨滴落南楼，词人因为思念妻子难以入眠，度一夜的时间如度一年的时间一般漫长。

作为一代儒学大师，元好问的思想不是呆板的，因为他深深地明白朝代更替是历史的必然，“国可亡，而史不可灭”是他遵循的人生真理，所以他执着地为这个真理努力着，他为自己是一位诗人而自豪，所以在他六十八岁那年，在他生命最后一刻，他对身边的人说道：“墓碑上只刻‘诗人元好问之墓’七个大字即可。”

是的，这就是一代儒学大师、一代文坛盟主为人处世的风格，他少年成名，然而从未浮躁放纵。他的一生，德行兼备，在文学、史学、理学都达到极致高度，他从未辜负上天给他的旷世才华和人生使命。